說文學之美

感覺宋詞

蔣勳

大江東去

蔣勳的宋詞朗讀

掃描收聽

在一晌貪歡的南朝，
不知道還能不能忘去在人世間久
客的肉身……

——蔣勳

曲目

❶ 李煜詞選
❷ 范仲淹、晏殊、晏幾道、歐陽脩詞選
❸ 柳永詞選
❹ 蘇軾詞選
❺ 李清照詞選
❻ 辛棄疾詞選

音樂統籌 · 梁春美 ｜ 錄音、混音 · 白金錄音室 錢家瑞

目次

自序

坐看雲起與大江東去——從品味唐詩到感覺宋詞

蔣勳

我喜歡詩，喜歡讀詩、寫詩。

少年的時候，有詩句陪伴，好像可以一個人躲起來，在河邊、堤防上、樹林裡、一個小角落，不理會外面世界轟轟烈烈發生什麼事。少年的時候，也可以背包裡帶一冊詩，或者，即使沒有詩集，就是一本手抄筆記，有腦子裡可以背誦記憶的一些詩句，也足夠用，可以一路唸著，唱著，一個人獨自行走去了天涯海角。

有詩就夠了——年輕的時候常常這麼想。

有詩就夠了——行囊裡有詩、口中有詩、心裡面有詩，彷彿就可以四處流浪，跟自己說：「今宵酒醒何處——」，很狂放，也很寂寞。

少年的時候，相信可以在世界各處流浪，相信可以在任何陌生的地方醒來，大夢醒來，或是大哭醒來，滿天都是繁星，可以和一千年前流浪的詩人一樣，醒來時隨口唸了一句：今宵酒醒何處——

無論大夢或大哭，彷彿只要還能在詩句裡醒來，生命就有了意義。很奇怪的想法，但是想法不奇怪，很難喜歡詩。

在為鄙俗的事吵架的時候，大概是離詩最遠的時候。

少年時候，有過一些一起讀詩寫詩的朋友。現在也還記得名字，也還記得那些青澀的面容，笑得很靦腆，讀自己的詩或讀別人的詩，都有一點悸動，像是害羞，也像是狂妄。

日久想起那些青澀靦腆的聲音，後來都星散各地，也都無音訊，心裡有惆悵唏噓，不知道他們流浪途中，是否還會在大夢或大哭中醒來，還會又狂放又寂寞地跟自己說：今宵酒醒何處——

走到天涯海角，離得很遠，還記得彼此，或者對面相逢，近在咫尺，都走了樣，已經不認識彼此，是兩種生命不同的難堪嗎？

「縱使相逢應不識——」讀蘇軾這一句，我總覺得心中悲哀。不是容貌改變了，認不出來，或者，不再相認，因為歲月磨損，沒有了詩，相逢或許也只是難堪了。

曾經害怕過，老去衰頹，聲音瘖啞，失去了可以讀詩寫詩的靦腆佯狂。

前幾年路上偶遇大學詩社的朋友，很緊張，還會怯怯地低聲問一句：還寫詩嗎？這幾年連「怯怯地」也沒有了，彷彿開始知道，問這句話，對自己或對方，多只是無謂的傷害。

所以，還能在這老去的歲月裡默默讓生命找回一點詩句的溫度或許是奢侈的吧？生活這麼沉重辛酸，也許只有詩句像翅膀，可以讓生命飛翔起來。「天長路遠魂飛苦——」，為什麼杜甫夢到李白，用了這樣揪心的句子？

從小在詩的聲音裡長大，父親、母親，總是讓孩子讀詩背詩，連做錯事的懲罰，有時也是背一首詩，或抄寫一首詩。

街坊鄰居閒聊，常常出口無端就是一句詩：「虎死留皮人留名啊——」那人是街角撿字紙的阿伯，但常常「出口成章」，我以為是「字紙」撿多了也會有詩。

有些詩，是因為懲罰才記住了。在懲罰裡大聲朗讀：「明月出天山，蒼茫雲海間。長風幾萬里，吹度玉門關。——」詩句讓懲罰也不像懲罰了，朗讀是肺腑的聲音，無怨無恨，像天山明月，像長風幾萬里，那樣遼闊大氣，那樣澄澈光明。

有詩，就沒有了懲罰。蘇軾總是在政治的懲罰裡寫詩，愈懲罰，詩愈好。流放途中，詩是他的救贖。

「詩」會不會是千萬年來許多民族最古老最美麗的記憶？

希臘古老的語言在愛琴海的島嶼間隨波濤詠唱——《奧德賽》、《伊里亞德》，關於戰爭，關於星辰，關於美麗的人與美麗的愛情。

沿著恆河與印度河，一個古老民族邊傳唱著《摩訶婆羅達》、《羅摩衍那》，也是戰爭，也是愛情，無休無止的人世的喜悅與憂傷。

黃河長江的岸邊，男男女女，划著船，一遍一遍唱著：「蒹葭蒼蒼，白露為霜。所謂伊人，在水一方。溯洄從之，道阻且長，溯游從之，宛在水中央。——」

歌聲、語言、頓挫的節奏、呼應的和聲、反覆、重疊、迴旋，像長河的潮汐，像江流宛轉，像大海波濤，一代一代傳唱著民族最美麗的聲音。

《詩經》十五國風，是不是兩千多年前漢語地區風行的歌謠？唱著歡欣，也唱著哀傷，唱著夢想，也唱著幻滅。

他們唱著唱著，一代一代，在庶民百姓口中流傳風行，詠嘆著生命。

《詩經》從「詩」變成「經」是以後的事。「詩」是聲音的流傳，「經」是被書寫成了固定的文字。

我或許更喜歡「詩」，自由活潑，在活著的人口中流傳，是聲音，是節奏，是旋律，可以一面唱一面修正，還沒有被文字限制成固定死板的「經」。

〈大雅・綿〉講蓋房子：「捄之陾陾，度之薨薨，築之登登，削屢馮馮。」變成文字，簡直聱牙，經過兩千多年，就需要一堆學者告訴年輕人：「馮馮，聲音是憑憑。」

如果還是歌聲傳唱，這蓋房子的聲音就熱鬧極了，這四種聲音，在今天，當然就可以唱成「隆隆」、「轟轟」、「咚咚」、「碰碰」。「乒乒乓乓」，蓋房子真熱鬧，最後「百堵皆興」，一堵一堵牆立起來，要好好打大鼓來慶祝，所以「鼛鼓弗勝」。

「詩」有人的溫度，「經」剩下軀殼了。

文字只有五千年，語言比文字早很多。聲音也比文字更屬於庶民百姓，不識字，還是會找到最貼切活潑的聲音來記憶、傳達、頌揚，不勞文字多事。

島嶼東部原住民部落裡人人都歌聲美麗，漢字對他們框架少、壓力少，他們被文字汙染不深，因此歌聲美麗，沒有文字羈絆，他們的語言因此容易飛起來。

我常在卑南聽到最近似「陝陝」、「蕘蕘」的美麗聲音。他們的聲音有節奏，有旋律，可以悠揚婉轉，他們的語言還沒有被文字壓死。最近聽桑布伊唱歌，全無文字，真是「詠」、「嘆」。

害怕「經」被褻瀆，死抱著「經」的文字不放，學者，知識分子的《詩經》不再是「歌」，只有軀體，沒有溫度了。

可惜，「詩」的聲音死亡了，變成文字的「經」，像百囀的春鶯，割了喉管，努力展翅飛撲，還是痛到讓人惋嘆。

「惋」、「嘆」都是聲音吧，比文字要更貼近心跳和呼吸。有點像《詩經》、《楚辭》裡的「兮」，文字上全無趣味，我總要用惋嘆的聲音體會這可以拉得很長的「兮」，「兮」是音樂裡的詠嘆調。

從「詩」的十五國風，到漢「樂府」，都還是民間傳唱的歌謠。仍然是美麗的聲音的流傳，不屬於任何個人，大家一起唱，一起和聲，你一句、我一句、他一句，變成集體創作的美麗作品。

「青青河畔草，綿綿思遠道，遠道不可思，夙昔夢見之——」只有歌聲可以這樣樸素直白，是來自肺腑的聲音，有肺腑間的熱度，頭腦思維太不關痛癢，口舌也只有是非，出來的句子，不會是「詩」，不會這樣有熱烈的溫度。

我總覺得漢語詩是「語言」帶著「文字」飛翔，因此流暢華麗，始終沒有脫離肺腑之言的溫度。

小時候在廟口聽老人家用閩南語吟詩，真好聽，香港朋友用老粵語唱姜白石的〈長亭怨慢〉，也是好聽。

我不喜歡詩失去了「聲音」。

「漢字」從秦以後統一了，統一的漢字有一種霸氣，讓各地方並沒有統一的「漢語」自覺卑微。

然而我總覺得活潑自由的漢語在民間的底層活躍著，充滿生命力，常常試圖顛覆官方漢字因為裝腔作勢愈來愈死板的框框。

文化僵硬了，要死不死，語言就從民間出來，用歌聲清洗一次冰冷瀕臨死亡的文字，讓「白話」清洗「文言」。

唐詩在宋代蛻變出宋詞，宋詞蛻變出元曲，乃至近現代的「白話文運動」，大概都是借屍還魂，從庶民間的「口語」出來新的力量，創造新的文體。每一次文字瀕臨死亡，民間充滿生命活力的語言就成了救贖。

因此或許不需要擔心詩人寫什麼樣的詩，回到大街小巷、回到廟口、回到庶民百姓的語言中，也許就重新找得到文學復活的契機。

小時候在廟口長大，台北大龍峒的保安宮。廟會一來，可以聽到各種美麗的聲音，南管、北管、子弟戲、歌仔戲、客家山歌吟唱、相褒對唱、受日本影響的浪人歌謠、戰後移居台灣的山東大鼓、河南梆子、秦腔，乃至美國五〇年代的搖滾，都混雜成廟口的聲音，像是衝突，像是不協調，卻是一個時代驚人的和聲，在衝突不協調裡尋找彼此融合的可能性。我總覺得：新的聲音美學在形成，像經過三百年魏晉南北朝的紛亂，胡漢各地的語言、各族的語言、印度的語言、波斯的語言、東南亞各地區的語言，彼此衝擊，從不協調到彼此融合，準備著大唐盛世的來臨，準備語言與文字達到完美顛峰的「唐詩」的完成。

應該珍惜，島嶼是聲音多麼豐富活潑的地方。

生活裡其實「詩」無所不在。家家戶戶門聯上都有「風調雨順」、「國泰民安」，那是《詩經》的聲音與節奏。

鄰居們見了面總問一句：「吃飯了嗎？」「吃飽了？」也讓我想到樂府詩裡動人的一句叮嚀：「努力加餐飯。」「上言：加餐飯。」生活裡、文學裡，「加餐飯」都一樣重要。

我習慣走出書房，走到百姓間，在生活裡聽詩的聲音。

小時候頑皮，一夥兒童去偷挖番薯，老農民發現，手持長竹竿追出來。他一路追一路罵，口乾舌燥。追到家裡，告了狀，父親板著臉，要頑童背一首唐詩懲罰，〈茅屋為秋風所破歌〉，讀到「南村群童欺我老無力——」忽然好像讀懂了杜甫，在此後的一生裡，記得人在生活裡的艱難，記得杜甫或窮老頭子，會為幾根茅草或幾顆地瓜「唇焦口燥」追罵頑童。

我們都曾經是杜甫詩裡欺負老阿伯的「南村群童」。在詩句中長大，知道有多少領悟和反省，懂得敬重一句詩，懂得在詩裡尊重生命。

唐詩語言和文字都太美了，忘了它其實如此貼近生活。走出書齋，走出教科書，在我們的生活中，唐詩無處不在，這才是唐詩恆久而普遍的巨大影響力吧。

唐詩語言完美：「停車暫借問，或恐是同鄉？」可以把口語問話入詩。

唐詩文字聲音無懈可擊：「無邊落木蕭蕭下，不盡長江滾滾來。」寫成對聯，文字結構和音韻平仄都如此平衡對稱，如同天成。

在一個春天走到江南，偶遇花神廟，讀到門楹上兩行長聯，真是美麗的句子——

風風雨雨，寒寒暖暖，處處尋尋覓覓。
鶯鶯燕燕，花花葉葉，卿卿暮暮朝朝。

那一對長聯，霎時讓我覺得驕傲，是在漢字與漢語的美麗中長大的驕傲，只有漢字漢語可以創作這樣美麗工整的句子。平仄、對仗、格律，彷彿不只是技巧，而是一個民族傳下來可以進入「春天」可以進入「花神」的通關密語。

有「詩」，就有了美的鑰匙。

我們羨慕唐代的詩人，水到渠成，活在文字與語言無限完美的時代。

張若虛〈春江花月夜〉，傳說裡的「孤篇壓倒全唐之作」，是一個時代的序曲，這樣豪邁大氣，卻可以這樣委婉平和，使人知道「大」是如此包容，講春天、講江水、講花朵、講月光、講夜晚，格局好大，卻一無霸氣。盛世，是從這樣的謙遜內斂開始吧，不懂謙遜內斂，盛世，沒有厚度，只是誇大張揚，裝腔作勢而已吧。

王維、李白、杜甫，結構成盛唐的基本核心價值，「佛」、「仙」、「聖」，古人用很精簡的三個字概括了他們美學的調性。

「行到水窮處，坐看雲起時」，王維是等在寺廟裡的一句籤，知道人世外還有天意，花自開自落，風雲自去自來，不勞煩惱牽掛。經過劫難，有一天走到廟裡，抽到一支籤──行到水窮處，坐看雲起時，那一定是上上籤吧。

「我歌月徘徊，我舞影零亂」，李白是漢語詩裡少有的青春閃爍，這樣華美，也這樣孤獨，這樣自我糾纏。年少時不瘋狂愛一次李白，簡直沒有年輕過。我愛李白的時刻總覺得要走到繁華鬧市讀他的〈將進酒〉，酒樓的喧鬧，奢華的一擲千金，他一直想在喧鬧中唱歌，「岑夫子，丹丘生──」我總覺得他叫著：「老張，老王──別鬧了」；「與君歌一曲，請君為我傾耳聽──」在繁華的時代，在冠蓋滿京華的城市，他是徹底的孤獨者，杜甫說對了：「冠蓋滿京華，斯人獨憔悴。」

不能徹底孤獨，不會懂李白。

「詩聖」完全懂李白做為「仙」的寂寞。然而杜甫是「詩聖」，「聖」必須要回到人間，要在最卑微的人世間完成自己。

戰亂、饑荒、流離失所，「朱門酒肉臭，路有凍死骨」，杜甫低頭看人世間的一切，看李白不屑一看的角落。「三吏」、「三別」，讓詩回到人間，書寫人間，聽人間各種哭聲。戰亂、饑荒、流離失所，我們也要經歷這些，才懂杜甫。杜詩常常等在我們生命的某個角落，在我們狂喜李白的青春過後，忽然懂得在人世苦難前低頭，懂得文學不只是自我趾高氣揚，也要這樣在種種生命苦難前低頭謙卑。

佛、仙、聖，組織成唐詩的顛峰，也組織成漢詩記憶的三種生命價值，在漫漫長途中，或佛，或仙，或聖，我們彷彿不是在讀詩，是一點一點找到自己內在的生命元素，王維、李白、杜甫，三種生命形式都在我們身體裡面，時而恬淡如雲，時而長嘯佯狂，時而沉重憂傷。唐詩，只讀一家，當然遺憾，唐詩只愛一家，也當然可惜。

這兩冊書，是近三十年前讀書會的錄音，講我自己很個人的詩詞閱讀樂趣。錄音流出，也有人整理成文字，很多未經校訂，舛誤雜亂，我讀起來也覺得陌生，好像不是自己說的。

悔之多年前成立有鹿文化，他一直希望重新整理出版我說「文學之美」的錄音，我拖延了好幾年，一方面還是不習慣語言變成文字，另一方面也覺得這些錄音太個人，讀書會談談可以，變成文字，還是有點覺得會有疏漏。

悔之一再敦促，也特別再度整理，請青年作家凌性傑、黃庭鈺兩位校正，兩位都在中學國文教學上有所關心，他們的意見是我重視的。這兩冊書裡選讀的作品多是台灣目前國文教科書的內容。如果今天台灣的青年讀這些詩、這些詞，除了用來考試升學，能不能讓他們有更大的自由，能真正品味這些唐詩宋詞之美？能不能讓他們除了考試、除了注解評論，還能有更深的對詩詞在美學上的人生感悟與反省？

也許，悔之有這些夢想，性傑、庭鈺也有這些夢想，許多國文教學的老師都有這樣的夢想，讓詩回到詩的本位，擺脫考試升學的壓力，可以是成長的孩子生命裡真正的「青春作伴」。

我在讀書會裡其實常常朗讀詩詞，我不覺得一定要注解，詩，最好的詮釋可不可能是自己朗讀的聲音？

因此我重讀了張若虛的〈春江花月夜〉，重讀了白居易的〈琵琶行〉，一句一句，讀到「江畔何人初見月？江月何年初照人？」讀到「同是天涯淪落人，相逢何必曾相識」，還是覺得動容，詩人可以這樣跟江水月亮說話，可以這樣跟一個過氣的歌妓說話，跟孤獨落魄的自己說話。這兩個句子，會需要注解嗎？

李商隱好像難懂一點，但是，我還是想讓自己的聲音環繞在他的句子中，「相見時難別亦難」，好多矛盾、好多遺憾、好多兩難，那是義山詩，那也是我們每一個人的生命景況，我們有一天長大了，要經過多少次「相見」與「告別」，終於會讀懂「相見時難別亦難」。不是文字難懂，是人生這樣難懂，生命艱難，有詩句陪著，可以慢慢走去，慢慢讀懂自己。

荷葉生時春恨生，荷葉枯時秋恨成。深知身在情常在，悵望江頭江水聲。

春秋來去，生枯變滅，我們有這些詩，可以在時間的長河邊，聽水聲悠悠。

要謝謝梁春美為唐詩宋詞的錄音費心，錄王維的時候我不滿意，幾次重錄，我跟春美說：「要空山的感覺——」，又加一句「最安靜的巴哈——」，自己也覺得語無倫次，但春美一定懂，這一片錄音交到聆聽者手中，希望帶著空山裡的雲嵐，帶著松風，帶著石上青苔的氣息，彈琴的人走了，所以月光更好，可以坐看一片一片雲的升起。

但是要錄幾首我最喜愛的宋詞了——李煜的〈浪淘沙〉、〈虞美人〉、〈破陣子〉、〈相見歡〉，這些幾乎在兒童時就琅琅上口的詞句，當時完全無法體會什麼是「四十年來家國」，當時怎麼可能讀懂「夢裡不知身是客」，每到春分，窗外雨水潺潺，從睡夢中驚醒，一晌貪歡，不知道那個遙遠的南唐原來這麼熟悉。不知道那個「垂淚對宮娥」的贖罪者彷彿正是自己的前世因果。「倉皇辭廟」，在父母懷抱中離開故國，我也曾經有多麼大的驚惶與傷痛嗎？已經匆匆過了感嘆「四十年來家國」的痛了，在一晌貪歡的春雨飛花的南朝，不知道還能不能忘卻在人世間久客的哀傷肉身。

每一年春天，在雨聲中醒來，還是磨墨吮筆，寫著一次又一次的「夢裡不知身是客，一晌貪歡」，看渲染開來的水墨，宛若淚痕。我最早在青少年時讀著讀著的南唐詞，竟彷彿是自己留在廟裡的一支籤，籤上詩句，斑剝漫漶，但我仍認得出那垂淚的筆跡。

亡一次國，有時只是為了讓一個時代讀懂幾句詩嗎？何等揮霍，何等慘烈，他輸了江山、輸了君王、輸了家國，然而下一個時代，許多人從到他的詩句裡學會了譜寫新的歌聲。

宋詞的關鍵在南唐，在亡了江山的這一位李後主身上。

南唐的「貪歡」和南唐的「夢裡不知身是客」都傳承在北宋初期的文人身上。晏殊、晏幾道、歐陽脩，他們的歌聲裡都有貪歡耽溺，也驚覺人生如夢，只是暫時的客居，貪歡只是一晌，短短夢醒，醒後猶醉，在鏡子裡凝視著方才的貪歡，連鏡中容顏也這樣陌生，「一場愁夢酒醒時」，「無可奈何花落去，似曾相識燕歸來」，在歲月裡多愁善感，晏幾道貪歡更甚，「記得小蘋初見」，連酒樓藝妓身上的「兩重心字羅衣」都清清楚楚，圖案、形狀、色彩，繡線的每一針每一線，他都記得。

南唐像一次夢魘，烙印在宋詞身上。「落花人獨立，微雨燕雙飛」，唐代寫不出的句子，在北宋的歌聲裡唱了出來。他們走不出邊塞，少了異族草原牧馬文化激盪。他們多在都市中、在尋常百姓巷弄、在庭院裡、在酒樓上，他們看花落去、看燕歸來，他們比唐代的詩人沒有野心，更多惆悵感傷，淚眼婆娑，跟歲月對話。他們惦記著「衣上酒痕」，惦記著「詩裡字」，都不是大事，無關家國，不成「仙」，也不成「聖」，學佛修行也常常自嘲不徹底，歌聲裡只是他們在歲月裡小小的哀樂記憶。

「白髮戴花君莫笑」，我喜歡老年歐陽脩的自我調侃，一個人做官還不失性情，沒有一點裝腔作勢。

范仲淹也一樣，負責國家沉重的軍務國防，可以寫〈漁家傲〉的「將軍白髮征夫淚」的蒼老悲壯，也可以寫下〈蘇幕遮〉中「酒入愁腸化作相思淚」這樣情深柔軟的句子。

也許不只是「寫下」，他們生活周邊有樂工，有唱歌的女子，她們唱〈漁家傲〉，也唱〈蘇幕遮〉，她們手持琵琶，她們有時刻意讓身邊的男子忘了外面家國大事，可以為他們的歌曲寫「新詞」，新詞是一個字一個字填進去的，一個字一個字試著從口中唱出，不斷修正，「詞」的主人不完全是文人，是文人和樂工和歌妓共同的創作吧。

了解「宋詞」產生的環境，或許會覺得：我們面前少了一個歌手。這歌手或是青春少女，手持紅牙檀板緩緩傾吐柳永的「今宵酒醒何處」，或是關東大漢執鐵板鏗鏘豪歌蘇軾的「大江東去」，這當然是兩種不同的美學情境，使我感覺宋詞時，有時像鄧麗君，有時像江蕙。同樣一首歌，有時像酒館爵士，有時像黑人靈歌。同樣的旋律，不同歌手唱，會有不同詮釋。巴布•狄倫（Bob Dylan, 1941-）的 *Blowin' in the Wind*，許多歌手都唱過，詮釋方式也都不同。

面前沒有了歌手，只是文字閱讀，總覺得宋詞感覺起來少了什麼。

柳永詞是特別有歌唱性的，他一生多與伶工歌妓生活在一起，〈鶴沖天〉裡「忍把浮名，換了淺斟低唱」，「淺斟低唱」是柳詞的核心。他著名的〈雨霖鈴〉沒有「唱」的感覺，很難進入情境。例如一個長句——「念去去千里煙波，暮靄沉沉楚天闊」，停在「去去」兩個聲音感覺一下，我相信不同的歌手會在這兩個音上表達自己獨特的唱法。「去去」二字夾在這裡，並不合文法邏輯，但如果是「聲音」，「去」、「去」兩個仄聲中就有千般纏綿、千般無奈、千般不捨、千般催促。這兩個音挑戰著歌手，歌手的唇齒肺腑都要有了顫動共鳴，「去」、「去」二字就在聲音裡活了起來。只是文字「去去」很平板，可惜，宋詞沒有了歌手。我們只好自己去感覺聲音。

謝恩仁校正到蘇軾的〈水調歌頭〉時，他一再問「是『只恐』？是『惟恐』？是『又恐』？」

我還是想像如果面前有歌手，讓我們「聽」——不是「看」〈水調歌頭〉，此處他會如何轉音？

因為柳永的「去去」，因為李清照的「尋尋覓覓冷冷清清淒淒慘慘戚戚」，我更期待宋詞要有「聲音」。「聲」、「音」不一定是「唱」，可以是「吟」，可以是「讀」，可以是「唸」，可以是「呻吟」、「泣訴」，也可以是「嚎啕」、「狂笑」。

也許坊間不乏也有宋詞的聲音，但是我們或許更迫切希望有一種今天宋詞的讀法，不配國樂，不故作搖頭擺尾，可以讓青年一代更親近，不覺得做作古怪。

在錄音室試了又試，雲門舞集音樂總監梁春美說她不是文學專業，我只跟她說：「希望孩子聽得下去——」，「像聽德布西，像聽薩堤，像聽 Edith Piaf——」琵雅芙是在巴黎街頭唱給庶民聽的歌手。

「孩子聽得下去」是希望能在當代漢語找回宋詞在聽覺上的意義。

找不回來，該湮滅的也就湮滅吧，少數存在圖書館讓學者做研究，不干我事。

雨水剛過，就要驚蟄，是春雨潺潺的季節了，許多詩人在這乍暖還寒時候睡夢中驚醒，留下歡欣或哀愁，我們若想聽一遍「行到水窮處，坐看雲起時」，想聽一遍「四十年來家國，三千里地山河」，也許可以試著聽聽看，這兩冊書裡許多朋友合作一起找到的唐詩宋詞的聲音。

二〇一七年二月剛過雨水，即將驚蟄
蔣勳於八里淡水河畔

人生自是有情癡——慢讀《說文學之美：感覺宋詞》

凌性傑

讀宋詞需要敏銳的知覺，以及豐富的想像力。在宋詞中，不乏世俗生活的繁華靡麗，亦有文人雅士的心靈寄託。詞文學流行於市井酒樓，傳唱於宮廷樂宴，可以視為一個時代的心聲。依隨著音符抑揚，每個人在自己喜歡的曲調裡填進了生命故事，在歌詞中照見自己的心情。

最好的歌手，唱的不只是歌詞，而是透過歌詞進行深度挖掘，把那些藏在詞語後頭的感情與感覺召喚出來。當代流行樂壇中，費玉清、周杰倫、林俊傑諸多歌手演繹的中國風作品，幾乎可以說是隔世的宋詞。最厲害的流行音樂的作詞人將古典融入當下，形成豐沛的感情能量與穿透力。那些經過修飾美化的文辭，代表的是某種曲折婉轉的情意。或許因為難以直接說明，於是借助典雅清麗的語彙，將感情化為一句句歌吟，這就是詞。

詞的本色特質是細緻幽深、情意纏綿，就像王國維說的：「詞之為體，要眇宜修。

能言詩之所不能言，而不能盡言詩之所能言。詩之境闊，詞之言長。」我被宋詞作品感動的起點，是一九八三年鄧麗君的經典之作《淡淡幽情》。當年鄧麗君親自參與製作，邀請作曲人為古代詞文學譜上旋律，總共收錄十二首歌曲。鄧麗君說：「我可以得意的告訴您，我邀請到的作詞家，都是千百年來，最了不起的頂尖高手。有時候唱著唱著，我會覺得好像不是在唱歌，而是在傾訴古老、莊嚴，而且多情的中國。」《淡淡幽情》專輯中，詞中帝王李煜的〈獨上西樓〉、〈幾多愁〉、〈胭脂淚〉譜上新曲，賦予古典文詞新生命。〈但願人長久〉（蘇東坡詞）也成為一代人共同的鄉愁，創造出華語流行音樂新面目。這首歌後來又被王菲翻唱，收錄於《菲靡靡之音》。鄧麗君的唱腔，可說是詞體的最佳展現，似乎在每一處轉折、每一個尾音都留下故事，牽動綿綿不絕的情思。

詞文學的起源眾說紛紜，一般以為這種新興文體承襲漢魏樂府詩之遺風，受外來音樂影響，從而改變唐詩體製，逐步發展出獨特的文體特色。一代有一代的文學，「漢賦、唐詩、宋詞、元曲」並稱，為中國四大韻文。不同的文體押韻形式亦不相同，近體詩在偶數句末字押韻，第一句末字可押可不押。詞、曲則依照詞牌、曲牌之規範，配合音樂屬性而用韻。詞的別稱甚多，從別稱可以看出這種文學形式的特色。名之為「詩餘」，乃因出現於詩之後。每句字數長短參差不齊，故稱「長短句」。被之管絃，可入樂歌唱，所以又叫「曲子詞」、「樂府」。填詞必須依照詞譜格律規定，故曰「倚聲」。

詞的興盛，與文化發達有關。五代時期，南方社會相對安定，得以發展精緻文化。西蜀、南唐國君皆愛好文學，南唐堪稱當時的文藝重鎮。宋代城市繁榮，庶民文化娛樂蓬勃發展，流行民間的詞體更加興盛，自此成為宋代文學類型之代表。《說文學之美：感覺宋詞》裡，蔣勳老師依循詞文學的發展歷程，將作品置放在歷史背景裡，仔細說解文學與音樂的關連，引領讀者賞玩音樂文學之美。書中以美學品味為核心，分別介紹重要詞人及其詞作。

李白、溫庭筠、韋莊、李煜、馮延巳、范仲淹、晏殊、晏幾道、歐陽脩、柳永、蘇軾、秦觀、李清照、周邦彥、辛棄疾、姜夔……，他們的創作成果，正也是詞文學的發展軌跡。理解這些名家作品，必須從感覺出發。蔣勳老師依序娓娓道來，晚唐風華、五代花間、兩宋文明，均於是乎在。兩宋物質文化精緻唯美，詞體創作臻於高峰。蔣勳老師認為：詞是在宋代文化的基礎上，將漢語格律的美做了一次最大的集合。而美學是不能勉強的，必然跟隨個人所處時代的真實經驗去闡述。宋代美學品質獨具，積極建立文化，發展出非常正面而驚人的力量。

慢慢讀著《說文學之美：感覺宋詞》，尤其令人動容的是，書中除了文學導讀之外，提到不少古代書畫名作如：《韓熙載夜宴圖》、《草蟲瓜實圖》、《谿山行旅圖》、《寒食帖》，亦旁及西方文學經典如《追憶似水年華》。蔣勳老師信手拈來，將詞論與書論、畫論講得清透明白，讓不同的藝術型態相互輝映。這種解說方式，具有堅實的知識基礎，也有親和的感覺體驗，更有無可取代的個人魅力。

宋詞的俗與雅、婉約與豪放，各有其美學特徵。蔣勳老師剖析詞體美質，持論平和公正，他說：「從美學本身來講，陽剛的美和陰柔的美是無法判定高低的。我們的生命有時會有一種大時代的遼闊，要去發出大的聲音，可是有時候生活裡面只是小小的事件，只能令人發出一種低微的眷戀和徘徊。」「通俗的意義就是回到世俗，俗世文學自有它的一種活潑和力量。」讀宋詞的時候，我覺得那些高低抑揚的聲音裡，洋溢著情感的溫度。那或許是因為世界無比遼闊，沒有標準答案的人生裡才有這諸多情癡。

第一講

李煜

唐詩何以變成宋詞

原來屬於市井庶民的歌聲，變成士大夫用來抒解生命某一種情懷的媒介

唐詩經過初唐，發展到李白、杜甫、李商隱、杜牧等人，成就高到某種程度以後，講求隱喻修辭，已經有些高不可攀，民間慢慢讀不懂了。凡是藝術形式意境愈來愈高的時候，其實也說明它逐漸遠離了民間。可是民間不可能沒有娛樂生活，老百姓會自己創作一些歌來唱，這些歌往往會被士大夫認為是不登大雅之堂，兩者之間的距離就愈來愈遠。然而，一旦兩者被拉近，就產生新的藝術形式，即我們現在講的「詞」。

宋朝人仍然寫詩，甚至詩作的數量比詞還要多，但卻沒有詞的成就高，這是有趣的現象。詞的音韻形式發生一些變化，當我們讀到「春花秋月何時了，往事知多少」時，會發現音韻的跌宕起伏產生很多節奏上的新的韻律感，也因此拓展出詞的境界。

五代詞是唐詩過渡到宋詞的橋梁，而其中的關鍵人物是李後主，即李煜。李後主的作品其實不多，可是卻在文學史上具有旋乾轉坤的影響力。

李後主是戰爭政治的失敗者，卻是文化上的戰勝者。宋滅南唐，南唐後主的詞卻征服了宋。北宋時，雖然大家還在寫詩，可是詞已經變成文學裡的重要形式。李煜使原

來屬於市井庶民的歌聲，變成士大夫用來抒解生命某一種情懷的媒介。那些伶工從來沒有想到自己的作品可以變得這麼有意境。

「詞」這一文學形式的出現與成熟，要注意兩個面向：一是民間創作，詞最初不是文人創作，而是產生於民間的歌曲，是較為通俗的民間文化。後來當文人開始用這一形式去書寫自己的心情時，它才變成民間與文人合作產生的文學成就；二是李後主，是他把民間創作與文人創作成功地連接在一起。

前半生的醉生夢死，後半生的亡國之痛

前半生他面對自己，追求感官上的愉悅；亡國以後，他的後半生盡是哀傷痛悔

李商隱、杜牧創造出晚唐靡麗的風格，沒過多久，大唐崩解，進入五代十國的分裂局面。這一階段，有兩個國家比較安定繁榮。一是定都在金陵（今南京）的南唐，延續了對唐朝的嚮往與崇拜，並且自認為延續了唐朝的正統，故以「唐」為國號。李煜是南唐最後一位君主，被稱為「李後主」。另一個是建都在成都的後蜀。四川本來就

是富有的地方，也產生了非常華麗的藝術和文學創作。五代十國是戰爭頻發的亂世，在亂世當中，江南與蜀地保有了文化上的穩定力量，南唐更是出現了一個重要的文人，而且是一個君王——李煜。

詞的形式起源於唐，這個過程中最重要的人物就是李後主。王國維在《人間詞話》中對李後主評價極高，說他變「伶工之詞」為「士大夫之詞」。如果中國文學史上沒有這個人，也就沒有後來的士大夫之詞。「伶工」是寫流行音樂的人，是以演奏音樂做為職業的人，他們的音樂形式在民間流行，雖擁有群眾，在社會上的地位卻不高，只是被人們當成消遣娛樂。而「士大夫之詞」就是後來歐陽脩、蘇東坡等人寫的詞。這些人是士大夫，是社會文化的領導者，他們認為詞可以變成上層的文學形式。好比今天有一個人，在流行歌的曲調裡填進自己寫的詞，提高了通俗流行歌曲的意境，李後主就是進行這種文學改革的開創人物。

李後主身上存在著有趣的矛盾，他的前半生與後半生截然不同。他生於富貴之家，長於華麗的宮廷，父祖都是君王，他並不知道民間疾苦，完全是一個耽於淫樂的君王，每天關注的都是自己的吃喝玩樂。可是他喜歡文學，就去寫詞唱歌，唱的東西常常是豔情的內容。我想大家都聽過李後主與大周后、小周后的故事，一對美麗的姊妹先後成為他的王后。他有幾首詞就是寫自己和小周后婚前幽會的場景，比如「剗襪步香階，手提金縷鞋」。他的豔情與李商隱全然不同，李商隱有感傷，而他沒有，耽於貪歡成分更多。

李後主一生描述的就是宮裡的女子。唐代畫家周昉畫裡的女子與李後主所欣賞的宮廷女子之間似乎存在某種聯繫。〈玉樓春〉是李後主在亡國之前享樂時代的作品，裡面沒有任何感傷。我們在讀這首詞的時候，會感覺到他描述的是絕對的享樂。

晚妝初了明肌雪，春殿嬪娥魚貫列。鳳簫吹斷水雲閑，重按霓裳歌遍徹。
臨風誰更飄香屑，醉拍闌干情味切。歸時休放燭花紅，待踏馬蹄清夜月。

「晚妝初了明肌雪」，黃昏以後，剛剛入夜，這些華麗宮廷裡的女子剛化上晚妝。從這句詞裡可以感覺到女子皮膚的細膩、白皙，像雪一樣潔淨。「春殿嬪娥魚貫列」，在李後主的宮殿中，那些妃嬪宮娥，那些美麗的女子，身著盛裝，人數眾多，列隊齊整。「鳳簫吹斷水雲閑」，宮廷裡面養了非常多的伶工，唱著美麗的歌，吹著簫，音樂與水雲閒逸地飄揚著。「重按霓裳歌遍徹」，音樂演奏完了，開始重新演奏《霓裳羽衣曲》。白居易的〈長恨歌〉中也提過《霓裳羽衣曲》這首唐代的大曲。「臨風誰更飄香屑」，這麼美的音樂，這麼美的舞蹈，是誰錦上添花，隨風四處撒了香料粉屑？「醉拍闌干情味切」，好像已經喝醉酒，在那邊拍著欄杆唱歌。這些都是在寫皇宮裡面的娛樂生活，一種追求感官愉悦的華麗生活。「歸時休放燭花紅，待踏馬蹄清夜月」，宴會結束時，李後主吩咐旁邊的侍從不要點那紅色的蠟燭，因為今天的月光特別好，他想騎馬踏著月光回家。挑剔感覺的細膩精緻，這個君王竟然可以愛美愛到這種程度，享受美享受到這種程度。

在李煜早期的作品中，我們讀不到感傷，他沒有想到有一天感傷會降臨到自己身上。偏安江南的朝代或國家到了第三代以後，常常出現類似的情況：華貴、富麗，又有點糜爛的生活。在〈玉樓春〉裡，我們看到他對於整個生命的態度和亡國以後非常不一樣。

李後主也從來沒有想過要打仗，想不到宋朝大軍南下。他後來在詞裡寫到「幾曾識干戈」，從君王忽然變成俘虜，巨大的命運轉折使他在文學史裡扮演了重要角色。

王國維對他有兩個評價：一是稱他是將伶工之詞變為士大夫之詞的革命者；二是說他亡國之後的詞作「真所謂以血書者也」，其人如基督、釋迦牟尼般擔負了「人類罪惡之意」。他是一個亡國之君，覺得所有的罪都由自己來承擔吧，贖罪意識形成，他後期的文學忽然跳到很高的境界。這樣一個角色，也許是非常值得我們去理解的。

王國維在評論李煜的時候，有一種很特殊的悲憫。他說李煜「生於深宮之中，長於婦人之手」，從小在女人堆中長大，沒有辦法要求他不寫這樣的作品，他在富貴中沒有機會反省自己的「貪歡」。亡國是他生命的另外一個開始。前半生他面對自己，追求感官上的愉悅；亡國以後，他的後半生盡是哀傷痛悔。

富貴繁華都幻滅了

他們完成了文化上的創新，卻輸了政治上的角逐

〈破陣子〉是李後主一首重要的作品，可以看到他在亡國之際生命形態的轉折，好像忽然感覺到自己過去的富貴繁華都幻滅了，這首詞大概是李後主對自己一生最誠實的回憶。

四十年來家國，三千里地山河。鳳閣龍樓連霄漢，玉樹瓊枝作煙蘿，幾曾識干戈？
一旦歸為臣虜，沈腰潘鬢消磨。最是倉皇辭廟日，教坊猶奏別離歌，垂（一作「揮」）淚對宮娥。

「四十年來家國」是講李氏王朝三代人在江南有將近四十年的歷史，他從來沒有想過這個國家會滅亡。他們擁有過大概方圓三千里的國土，所以說「三千里地山河」。他回憶著南唐數十年的統治，數十年的繁華。「鳳閣龍樓連霄漢」，皇宮裡那種非常漂亮的房子，裝飾著鳳和龍的樓閣，簡直已經連到天上去了。「玉樹瓊枝作煙蘿」，皇宮裡種有名花奇樹，華麗珍貴，在園林當中像是煙霧聚攏、藤蘿交纏。他在寫一種富貴豪華，從來沒有想到有一天會打仗——「幾曾識干戈？」好痛的句子。

一個偏安江南的皇室第三代，大概也沒有其他路可走，北方的宋王朝已經建立，虎視眈眈，正要揮兵南下，一個「生於深宮之中，長於婦人之手」的多情男子，根本沒有想過什麼叫作戰爭。顧閎中畫過一幅《韓熙載夜宴圖》，主人公就是曾在李後主的朝廷裡做大官的韓熙載。韓熙載曾經建議加強國防，北伐中原，可是南朝安逸，朝野上下沒有人想打仗，後來他為求自保，也放任起來，在家裡通宵達旦地舉行宴會。李後主派顧閎中到韓熙載家一探究竟，顧閎中就把韓家繁華的夜宴畫了下來。

在這首詞裡，可以讀到李後主對自己成長經歷的描述，他回憶到「一旦歸為臣虜」，那一天他忽然變成了俘虜，宋軍把他抓到北方的汴京，宋太祖封他為「違命侯」。宋軍凱旋而歸，自然要慶祝，宋太祖招待群臣吃飯，對李後主說：「聽說你很會填詞，我們今天宴會，你就填一首詞，再找歌手來唱一唱吧。」李後主便寫了詞給大家唱。宋太祖「稱讚」他說：「好一個翰林學士。」這裡面有很大的侮辱，根本沒有把他當成一個君王看。

李後主變成俘虜以後，想到的竟然還是美。「沈腰潘鬢消磨」，「沈」是沈約，「潘」是潘岳，兩人都是歷史上的美男子。沈約老病以致腰圍瘦了，潘岳壯年時雙鬢即花白，李後主用這兩個典故來形容自己飽受折磨的容貌。在亡國之際，他還在擔心自己的容貌要憔悴了。王國維對他的欣賞，就是因為他的一派天真。下面是他最哀傷的回憶。他覺得一生中最難過的時刻，是亡國的那一天。「最是倉皇辭廟日」，李後主用了「倉皇」兩個字，他跑去拜別太廟，但敵人沒給他充足時間。「教坊猶奏別離歌」，「教坊」是王室的樂隊，在此時演奏起充滿離別意味的曲子。他看到平常服侍他的宮女，就哭了，於是「垂淚對宮娥」。

人們覺得到這個時候李後主還在「垂淚對宮娥」，真是太過貪好女色，如果他說「垂淚對家國」，好像還可以被原諒。王國維卻認為他做為詩人的真性情，就是在這個時候表現出來的，他覺得要走了，最難過的就是要與這些一同長大的女孩子們告別。所謂的忠，所謂的孝，對他來講非常空洞。這裡顛覆了傳統的「文以載道」，是真性情的展現。李後主沒有其他機會去感知家國到底是什麼，家國對他來講，只是供他揮霍的富貴。「鳳閣龍樓連霄漢，玉樹瓊枝作煙蘿」，這就是他心目中的家國。至於「三千里地山河」，他哪裡去過？疆域對他來講，有一點像卡爾維諾寫的《看不見的城市》，他從來沒有真正看過；他一直在宮廷裡，連金陵城都沒有出過。一個在這種環境中長大的第三代君王，「垂淚對宮娥」就是他真心會講的一句話。

王國維對李後主的評論，有非常動人的部分。文學、藝術的創作，最重要一點就在於是否真誠。可是當文化傳統要求「文以載道」時，我們往往不得不作偽，不能不「載道」。李後主寫的「垂淚對宮娥」，如果以現代視角來看，剛好顛覆了人的偽善，所以王國維認為他此後「儼有釋迦、基督擔荷人類罪惡之意」。他到北方之後，覺得身上背負著亡國之君的罪過，後來的宋徽宗也是如此。他們完成了文化上的創新，卻輸了政治上的角逐。

命運的錯置

李後主不只是在寫自己，更是在寫生命從繁華到幻滅的狀態

在政治上，李後主、宋徽宗都是亡國之君，是受詬病與批判的；可是在文化上，沒

有李後主或許就沒有宋朝的詞，沒有宋徽宗或許就沒有南宋和元以後那麼高的繪畫成就。

宋徽宗留下一個傳統，一個執政者如果沒有文化方面的收藏，是不配做為執政者的。後來的人接受了這種理念，因為他代表了正統。正統並不等同於政治或政權，而是一種意識。正是這種意識，使一批文物能被保存下來，在任何戰爭當中，執政者最先要帶走的就是這些文物，擁有文物，才擁有正統。

宋徽宗的個人創作豐富，他的收藏、他編纂的畫譜影響力都極大。這說明政治史一直在干擾著文化史，我們還沒有擺脫政治獨立的文化觀點。我想這是我們將來在美術史、文化史上需要調整的態度。否則，無法看到真正的文化創造力。

當李後主寫出「垂淚對宮娥」的時候，顛覆性有多麼大，他等於是打了已經習慣於偽善的文學傳統一個耳光。他就是不要「垂淚對家國」，這是他的私情。這在我們的生命當中是令人羞怯、令人難以啟齒的部分，只有天真爛漫的李後主才能如此坦然地寫出來。我一直很感動於王國維在《人間詞話》中給予李後主新的定位，不然在整個文化傳統中，我們甚至都會懷疑，到底應該把他放在一個什麼樣的位置。

王國維最喜歡講「境界」，原來的「低俗文學」被提升為有境界的文學。李後主亡國之後，被軟禁在宋朝的宮廷之中，唱著這些歌，忽然對生命有了不同理解。比如這首〈相見歡〉：

林花謝了春紅，太匆匆。無奈朝來寒雨晚來風。

胭脂淚，留人醉，幾時重？自是人生長恨水長東。

我們大概從中學時代就對這些句子非常熟悉，熟悉到已經覺得李後主不只是在寫自己，更是在寫生命從繁華到幻滅的狀態。

「朝來寒雨」、「晚來風」，華貴的生命面臨著巨大的外在坎坷。在不斷的打擊下，自己的生命應該如何去堅持？「胭脂淚，留人醉」，他還是如此深情眷戀。「胭脂淚」當然是講女子，胭脂是紅色的，紅與淚形成了一個意象。「淚」、「醉」、「紅」、「胭脂」，都是他喜歡用的字眼，基本上可以總結為從繁華轉成幻滅的感覺。

「自是人生長恨水長東」，定都於南京的朝代，對於長江東流去的感覺特別明顯。「問君能有幾多愁，恰似一江春水向東流」，這個意象在李後主的詞中一直重複著，浩蕩江水像洶湧的淚水。他晚年在北方做俘虜的時候，時常感嘆時間的消逝，而在時間消逝當中，有一個意象是「故國」。南京三面環江，他被抓到北方的汴京之後，地理上對長江的懷念，其實是他的鄉愁。

很多人認為〈虞美人〉是導致李後主失去性命的作品。一般人對於李後主這樣「垂淚對宮娥」的人不會心存芥蒂，可是搞政治的人絕不會放過任何一個逼迫的機會。宋太宗讀到這首詞的時候非常生氣，他覺得李後主還有故國之思，就下令給他毒酒，把他毒死了。李後主的命運有一種錯置，一個一點政治細胞都沒有的人，卻被放到最殘酷的政治格局中。

春花秋月何時了，往事知多少？小樓昨夜又東風，故國不堪回首月明中。
雕闌玉砌應猶在，只是朱顏改。問君能有幾多愁，恰似一江春水向東流。

「春花秋月何時了」不過是對時間的感嘆，日子還是一樣過，春天花在開，秋天的月亮會圓，只是已經沒有當年的雅興騎著馬踏著月光回家。「何時了」是一種無奈，生活在被俘虜、被侮辱的境況裡面，春天的花開、秋天的月圓都已經變成令人悲哀的景象。「春花秋月何時了，往事知多少？」他的一生似乎就定格在「辭廟」以後的狀態，他在北方的生活、餘下的生命，都陷在對往事的回憶當中。

「小樓昨夜又東風」，可能失眠了，所以知道夜裡東風吹得很急。這個「東風」也出現在李商隱無題詩「東風無力百花殘」裡：東風將盡，春天即將結束，百花殘敗。這句詞是說好像又一次經歷了春天將要過完的哀傷感覺。「故國不堪回首月明中」，看著月亮，對自己過去的家國已經不敢回憶了。他的生命落差實在太大，從一個君王忽然降為俘虜，這使他覺得不堪回首。前半生做為君王，經歷了富貴榮華，現在物質生活上雖然不見得有欠缺，但是做為俘虜的心情、亡國的心情，以及做為亡國之君在家國淪陷之後的罪惡感，讓他內心不安。

「雕闌玉砌應猶在」，王宮裡雕飾得很美的欄杆，如玉砌成的臺階應該還在吧；「只是朱顏改」，大概只有人改變了。這個「朱顏」講的是誰？是李後主自己，還是那些宮娥？我們不清楚，但總歸是在描述美麗的容顏。他對於容顏的眷戀，是他對青春年華的眷戀，或者是對與他一起生活過的那些美麗的人的眷戀。我們在歲月中都經歷著「只是朱顏改」的幻滅。「問君能有幾多愁，恰似一江春水向東流」，心裡面的憂愁澎湃洶湧，像春天上漲的潮水，一波接一波。原本屬於民間流行曲的通俗詞彙，竟然被李後主拿來抒發對人生的感慨，這裡產生很強的社會性與歷史性。

如果沒有李後主，後來的歐陽脩、蘇東坡大概不會把詞做為自己的文學形式。在李後主之前，詞就是酒樓、歌樓裡面歌妓們唱的豔曲，著重表現感官與豔情，不是被文人看重的文學形式。李後主「變伶工之詞為士大夫之詞」，讓詞進入了屬於知識分子的境界。他一開始也有很多感官描寫，比如〈玉樓春〉中對於女子肌膚美的描述，甚至還有很多情慾的描述。待到亡國之後，他被抓到北方，才轉而開始用自己熟悉的文學形式書寫家國之思。

李後主也許不曾真正關心過文學，他喜歡的就是流行歌曲，但是有一天他用流行歌曲的形式，把自己亡國以後的心境放進去，力量就出來了。這是在他完全不自知的狀況下發生的事情。當時的士大夫階層普遍看不起詞這種藝術形式，可是李後主用了，傳唱出來讓大家很感動。「問君能有幾多愁，恰似一江春水向東流」，可以講亡國之君的愁，也可以講我們在生命不如意時候的愁。大家被這個句子感動了，也因而擴大這個句子的意義。

有時候我們會感覺到一種宿命，好像是注定要讓一個文人亡一次國，然後他才會寫出分量那麼重的句子。如果不是遭遇這麼大的事件，李後主的生命情調不會從早期有點輕浮、有點淫樂的狀況轉到那麼深沉。「亡國」突然讓這個聰明絕頂的人，領悟了繁華到幻滅的過程。所以我們讀到〈虞美人〉，讀到〈浪淘沙〉，讀到他後期作品時，不由得被帶動了一種很不同的生命經驗。

如果李後主沒有經歷亡國，說不定會繼續寫自己的靡靡之音，好像真的是以亡國換來了歷史上的幾首千古絕唱。大概宋太祖都沒想到，他抓來了一個人，會對本朝文學發生這麼大的影響。繼宋太祖之後的宋太宗，在政治上是特別陰狠的一個角色，剛好和李後主那種天真爛漫的人物形成對比。從中可以看到文學成就與政治成就的兩極性。李後主哪怕有一點點，甚至萬分之一類似宋太宗的心機，可能就寫不出那樣的詞了。正由於他的一派天真，才不會想到「故國」兩個字最後會給自己招來殺身之禍。

俗世文學自有其活潑與力量

通俗的意義就是回到世俗，俗世文學自有它的一種活潑和力量

我們先來看李後主的〈烏夜啼〉（也作〈相見歡〉）：

無言獨上西樓，月如鉤。寂寞梧桐深院鎖清秋。
剪不斷，理還亂，是離愁。別是一般滋味在心頭。

這些句子膾炙人口，像「無言獨上西樓，月如鉤」，如今好像已經變成了我們自己的感受。大家也會發現，李後主的文學成就其實來自於民間，他早期的生活並不是一個文人，反而是沉浸在流行歌曲裡，「剪不斷，理還亂」就是糾纏，是在做女紅時對纏繞的線的感覺，針和線，這種表達很女性化，也非常類似流行歌曲常有的感情。

我常常覺得，要了解李後主，恐怕要先了解他前半生在花天酒地當中與那些女性「廝混」的生活，也因此他才會有「剪不斷，理還亂」的女性化感受。「別是一般滋味在心頭」其實非常淺白，就是講離別的哀愁，可是這個滋味又說不清楚是什麼。

詞的語言更接近民間，當然這與李後主了解民間最底層的文化有關，也許就是歌妓的文化。當時的士大夫階層恐怕對這種東西不屑為之，可是李後主的天真個性裡有這個部分。在情感的傳達上，詞是比較傾向於和通俗文化接觸在一起的。當文學創作在形式上愈來愈艱澀、愈難突破，愈來愈和民間脫節的時候，通俗的意義就是回到世俗，俗世文學自有它的一種活潑和力量。

有如流行歌曲

由於是流行歌曲，所以詞有點調皮，有點不按常理出牌

詩的創作者，即所謂的士大夫階層，能不能關心民間的流行形式，而民間的人有沒有機會去看一下士大夫在做什麼，如何另闢一條新路，把通俗開創出新的經驗。這就是我們談五代詞的變革時應該關注的，因為五代詞剛好連接了這兩方面。

由於是流行歌曲，所以詞有點調皮，有點不按常理出牌。大家也許可以理解，為什麼我們今天讀到「林花謝了春紅」這樣的句子，會隱約感覺和唐詩不一樣。「太匆匆」，時間這麼快過去，就是很直接的民間感情。把這些東西變成現代流行歌曲非常容易，因為它本來就是歌。「虞美人」、「烏夜啼」都是詞牌名，每一首詞裡都有音樂的調性。〈烏夜啼〉通常是比較悲哀的調子，就像我們今天用〈雨夜花〉的調子來填詞，大概很難填成悲壯的感覺。〈滿江紅〉這首曲子，是壯大的感覺，是那種洪亮渾厚的聲音的感覺。詞牌代表的是一首詞音樂的調性，詞人只是按照音樂把詞（文字）填進去。

非常遺憾的是，經過一千多年，大部分的詞我們今天都不知道該怎麼唱了。我只聽過姜夔的〈長亭怨慢〉被整理出來，它還有古譜，但也不確定它是否完全是古譜。這是非常奇特的現象：文學留下來的東西比較穩定，音樂則非常容易流失。做為詞來講，它應該有一部分是音樂史關心的，有一部分是文學史關心的。可是音樂史的部分能夠找到的可唱的已經非常少，而屬於文學的大部分還在。我們今天讀到的〈虞美人〉、〈烏夜啼〉，都是文學的部分，至於樂譜，我們已經遺失掉了。

對繁華的追憶

所有的恨、所有放不下來的心事，都是因為夢裡面他又回到了故國

李後主的〈望江南〉、〈望江梅〉和〈清平樂〉這幾首詞，也有不同的音樂形式。它們都屬於「小令」，比較短，可以反覆唱。也有比較長的，像〈長亭怨慢〉，或者蘇東坡喜歡用的〈水調歌頭〉、〈念奴嬌〉。李後主有很多小令，大概是在酒宴當中偶然唱的一些小調性的東西，本來也許是不登大雅之堂的、有一點調笑的豔詞。他在亡國之後創作的詞，會令人感覺到其中有很多對繁華的追憶。來看這首〈望江南〉：

多少恨，昨夜夢魂中。還似舊時遊上苑，車如流水馬如龍，花月正春風。

「多少恨，昨夜夢魂中」，他又做夢了，每次在做夢的時候，他都會回到故國；所有的恨、所有放不下來的心事，都是因為夢裡面他又回到了故國。「還似舊時遊上苑」，在夢裡還像舊時，還像沒有亡國時那樣，在自己的王宮裡面遊玩，「上苑」就是王宮的園林。「車如流水馬如龍」是講當時金陵城王宮的繁華和熱鬧。開始是「多

少恨」，而結尾是「花月正春風」，是過去的停格。有沒有發現他好像有一點拒絕現在了？一開始是「現在」，可是他不喜歡這個現在，所以倒敘回去，像一部電影的回顧。「多少恨」當然是因為現在做了俘虜，可是「昨夜夢魂中」，他已經開始回憶，「還似舊時遊上苑」是回到以前，回到「車如流水馬如龍」，然後「花月正春風」，那個時候的花、月亮、春天的風都是最完美的狀態。我一直覺得這首詞是一個最有趣的倒敘的文體，就像我們在看影片的倒轉。

我們再看〈望江梅〉：

閑夢遠，南國正清秋。千里江山寒色遠，蘆花深處泊孤舟。笛在月明樓。

「閑夢遠，南國正清秋」，夢又出現了，他的夢一定會帶出江南、南國，因為他已身在北方，不在江南了。那麼在夢裡想一想，江南應該已是清秋時節。「千里江山寒色遠」，一個曾經是君王的人，現在做為俘虜，提到「江山」兩個字，大概也感觸良深吧。在統治者的文化當中，江山一直代表政權，「千里江山」和前面我們看到的「三千里地山河」其實是同樣意思。「千里江山寒色遠」，當他回想起自己曾經掌管過的千里江山時，用了「寒」，用了「遠」，是冷的，遠的，繁華熱鬧已經全過去了。「蘆花深處泊孤舟」，秋天蘆花都白了，蒼茫的蘆花中藏著一隻孤獨的小船。「笛在月明樓」，可是月明的時候，好像還聽到在樓上吹奏的笛聲。這又是他的夢境，他在很多早期的詞裡都寫過，當時只要是月圓的晚上，金陵的王宮裡全都在演奏音樂。

他是一個會玩的君王，「玩」變成了他後來對於繁華的長久回憶。這有點像法國文學家普魯斯特（Marcel Proust, 1871–1922）寫的《追憶似水年華》。那樣大的一部書，很少看到有人把它讀完，大家會覺得怎麼老在吃飯，老在那兒形容他們的衣服。但是他的回憶就是這些，這就是一個貴族的回憶，就像《紅樓夢》裡也老是在吃飯。在一個生命對繁華的回憶裡面，往往就是吃喝玩樂，沒有「偉大」的事情發生。

打破唐詩規矩

儘管頓挫的具體節奏我們今天不知道了，可是仍能隱約在文字裡感受到它的轉折和堆疊

我們再看〈清平樂〉，這可能是大家比較熟悉的一首作品。

別來春半，觸目愁腸斷。砌下落梅如雪亂，拂了一身還滿。
雁來音信無憑，路遙歸夢難成。離恨恰如春草，更行更遠還生。

「拂了一身還滿」非常民間化，是流行歌曲式的句子：花瓣掉下來，掉了一身都是。在唐詩當中，我們看不到這種文字，這種句法。它不是詩的延續，而是詞的創造。「拂了一身」，就是我們在身上撣一撣東西的感覺，它是非常白話的一個描繪。「拂了一身還滿」，唐詩裡面四三或二二三的規格被打破，可看出這裡從「流行歌曲」中發展出一種新的語言形式。

「雁來音信無憑，路遙歸夢難成。離恨恰如春草，更行更遠還生。」照理講，春天的時候大雁從南方回到北方，應該是要帶信來的，因為這個時候他是俘虜，被關在宋朝的都城裡，當然不能跟外面通消息。但是雁來了，卻沒有信，他不知道故鄉到底發生了什麼事。

「路遙歸夢難成」，回家的路那麼遠，回家的夢難以達成，常失眠的他又常驚醒，這句話已經到了很絕望的狀態。李後主愈到後期，愈希望可以一直活在自己的回憶當中，一直活在自己的夢當中。但因為那種憔悴、哀傷和被侮辱的心境，最後彷彿連做夢都有點難了。「離恨恰如春草」，這種離開故鄉、離開故國的恨，這種心裡的難過，就像春天的草一樣，「更行更遠還生」，走得愈遠，愁恨愈是生長得茂密。

在這首〈清平樂〉中，我們看到十二組兩個字的詞或短語，即「雁來音信無憑，路遙歸夢難成。離恨恰如春草，更行更遠還生」，全部是堆疊，把自己的阻礙、困頓、一走一停的感覺全部書寫出來，這個形式完全因為是歌曲才能夠做到。如果當時〈清平樂〉可以唱，在唱的過程當中，這個地方一定會有頓挫。儘管頓挫的具體節奏我們今天不知道了，可是仍能隱約在文字裡感受到它的轉折和堆疊。

人間沒個安排處

春天來了，這樣一個青春年華的女孩子，大概她的一片芳心要有所寄託吧

〈蝶戀花〉是宋朝寫詞的人非常喜歡用的詞牌，原本在民間應也是豔情的流行歌曲。蝴蝶那麼依戀著花，變成了一個曲調的名字，非常漂亮。蘇東坡有一首非常有名的〈蝶戀花〉，下闋寫道：「牆裡秋千牆外道。牆外行人，牆裡佳人笑。笑漸不聞聲漸悄，多情卻被無情惱。」可以看出〈蝶戀花〉是比較俏皮、纏綿的調子，有一點戀歌的感覺。但李後主的這首詞，卻帶有感懷春天逝去的情緒。

遙夜亭皋閑信步，乍過清明，早覺傷春暮。數點雨聲風約住，朦朧淡月雲來去。
桃李依依春暗度，誰在秋千，笑裡低低語。一片芳心千萬緒，人間沒個安排處。

「遙夜亭皋閑信步」，夜晚一個人在水岸亭邊散步。「乍過清明，早覺傷春暮」，暮春，剛剛過了清明，覺得春天快要結束了，有一點感傷。似乎春天過完，詩人的感傷情懷會特別深。「數點雨聲風約住」，清明前後還有一點點稀稀落落的雨，風也不大了。「朦朧淡月雲來去」，月亮在瀰漫的春霧裡，有一種朦朧、縹緲感。這是一幅非常好的春天情景素描。

下面轉到這首詞的主題，也就是情感部分。「桃李依依春暗度」，桃花、李花都還處在開放季節，春天卻已經悄悄地過去。「春暗度」是雙關，一方面在講春天，一方面在講男女之情。李後主早期的詞作當中，有許多「偷情」的描述，「暗度」那種感情是他很著迷的。「誰在秋千，笑裡低低語」，這兩句就是〈蝶戀花〉的感覺，寫女孩子在盪鞦韆，邊笑邊低聲說著什麼。「誰在秋千」，他沒有講是誰，就是一個美麗的女子，有很嬌的笑聲，可是不知道她在哪裡。這樣的描繪，用了〈蝶戀花〉的調子，帶出一種情歌、戀歌的形式。

「一片芳心千萬緒，人間沒個安排處」，這裡變成詩人替她去想。春天來了，這樣一個青春年華的女孩子，大概她的一片芳心要有所寄託吧。「一片芳心千萬緒」，有好多剪不斷、理還亂的煩惱和思緒。「人間沒個安排處」，在這個人間到底怎麼去安排自己啊，好像有一點無奈了，那種思緒萬端的情緒，就是一個思春少女的情懷。

李後主對於整個文學形式的改變有巨大影響，敢於用俚語入歌。入歌以後，它也會慢慢變成古典。〈蝶戀花〉是一首古典傑作，可是在當時完全是民間的流行歌曲。

無奈夜長人不寐

我們總看到他經常在漫漫長夜中失眠，更顯出夜深人靜時的孤獨

我們再看〈長相思〉。〈長相思〉也是一首小令，「令」是比較短的小調形式的東西。李白、杜甫的詩，有很多是歌行體，而歌行體是從樂府民歌的形式中發展出來的，比較接近我們講的民謠，而「令」則較接近我們現在講的流行歌曲。流行歌曲比較訴諸感官，像是現代商業文化裡面的東西，是排行榜裡的文化。

一重山，兩重山，山遠天高煙水寒，相思楓葉丹。
菊花開，菊花殘，塞雁高飛人未還，一簾風月閑。

「一重山，兩重山，山遠天高煙水寒」，這個思念是隔著一重又一重的山，和濛濛的霧氣。小説家瓊瑤用過很多古典元素和李後主的句子，尤其是她早期的《六個夢》、《煙雨濛濛》、《窗外》、《一簾幽夢》等。李後主把伶工之詞變為士大夫之詞，可是在現代文學創作裡，可能會把士大夫之詞又還原到伶工之詞，還原到通俗。「相思楓葉丹」，楓葉是紅的，可是加上了一個人主觀的「相思」，好像是被想紅的。現在的流行歌也會出現「楓紅片片」之類的句子。

「菊花開，菊花殘，塞雁高飛人未還，一簾風月閑」，下半闋文人的氣味比較多，尤其是「塞雁高飛人未還」，比較像文人的調子。可是前面的「一重山，兩重山」、「相思楓葉丹」、「菊花開，菊花殘」都比較像流行歌曲。我希望大家能夠以欣賞流行歌曲的心情，去體會李後主創作的淵源。

我們再看〈搗練子令〉。

深院靜，小庭空，斷續寒砧斷續風。無奈夜長人不寐，數聲和月到簾櫳。

這首詞的時間性不是很清楚，不知是在亡國前還是亡國後所寫。但這裡面的情感基本上還沒有到亡國後那麼沉重，有一點小小的感傷，不像「故國不堪回首月明中」那麼沉重，而是非常簡單的對生命情懷、小小事件的描述。「深院靜，小庭空」會讓我們想到李商隱的「微注小窗明」，它不是對大的開闊意境的描繪，而是對一個生命角落的安排和處理。

「斷續寒砧斷續風」，這個句子很像李商隱，連用了兩個「斷續」，不斷傳來的風、不斷傳來的女人夜晚擣衣的聲音，這些都引發了「無奈夜長人不寐」。李後主大概是一位「失眠專家」，我們總看到他經常在漫漫長夜中失眠。「數聲和月到簾櫳」，擣衣聲伴隨著月光，傳入了簾櫳之中，更顯出夜深人靜時的孤獨。

〈浪淘沙〉：李後主在美學上的極品

這裡面凝結了他亡國後的情感，以及由亡國情感擴大而成的對生命繁華與幻滅之間的最高領悟

〈浪淘沙〉是李煜亡國以後很重要的一首作品，這裡面凝結了他亡國後的情感，以及由亡國情感擴大而成的對生命繁華與幻滅之間的最高領悟。我認為這是他成就最高的一首作品，雖然民間一般以為李後主的代表作品是〈虞美人〉或〈烏夜啼〉。

簾外雨潺潺，春意闌珊。羅衾不耐五更寒。夢裡不知身是客，一晌貪歡。
獨自莫憑闌，無限江山，別時容易見時難。流水落花春去也，天上人間。

〈浪淘沙〉是李後主在美學上的極品，因為它有很多象徵，已經不再描述「故國不堪回首」，連「夢魂」都沒有了，而是一個很奇特的夢的驚醒。之前我住在東海大學的校園裡，因為院子很大，都是樹，春雨來的時候，夜裡常常會忽然醒過來，因為雨淅瀝淅瀝的，就是「簾外雨潺潺」。這很像李商隱的「曾醒驚眠聞雨過」*。李後主在被抓到北方後某一個春天的夜晚，聽到住所的窗外一片雨聲，忽然醒來。

「春意闌珊」，「闌珊」這兩個字有衰落、蕭瑟的意思，給人慵困、慵懶、遲延的感覺。「闌珊」是民間歌曲裡，特別是唐宋時代的流行歌曲裡面喜歡用的，就是形容一種情感，這種情感很拖帶、很纏綿、不乾脆，好像沒有辦法一刀兩斷。比如「夜闌珊」就是說夜晚好像老是過不完、漫長、牽連。「春意闌珊」，似不在講春天，而是在講他自己的心情，一種在春天時黏膩、不明朗、憂鬱煩悶的心情。

「羅衾不耐五更寒」，人驚醒了，身上的羅衾很薄，擋不住黎明即將到來時的春寒。我想，李煜更大的感受是心裡面的荒涼，而不只是肉體上的寒冷；真正「不耐」的是從夢裡面驚醒，披著衣服發呆，聽到雨聲時心裡的荒涼感。

這首詞對於意境的處理非常迷人，特別是下面兩句：「夢裡不知身是客，一晌貪歡。」我常常把這兩句抽出來單獨寫成書法。什麼叫「夢裡不知身是客」？剛剛他在做夢，可是雨聲起來以後，他被驚醒了，才發現做夢的時候不知道自己身在北方。他在夢裡一定回到南方去了，所以以為自己仍在故國。這裡非常蒼涼。「一晌貪歡」，「一晌」是很短的時間，「貪歡」這兩個字把年輕時吃喝玩樂、追求感官享受的情形都描繪出來了。

我一再強調，一個文人的誠實就體現在他的用字上。今天我們寫文章用到「貪歡」

兩個字，大概都會稍微斟酌一下，因為它是非常感官化的。王國維在這樣的作品裡，看到了李後主最感人的地方，所以他會說李後主在最後其實是擔負著釋迦牟尼、基督的苦難的意義，也就是贖罪。我覺得這兩句不僅僅是在寫李後主，在人世間，我們只是「過客」，我們每一個人都是「夢裡不知身是客」，可能是生死流浪的形式，或者處於謫居的狀態。

李商隱說「上清淪謫得歸遲」，在死亡發生以前，我們不太知道自己是不是在一個大夢當中，可能僅僅是一種客居的形式。不少宗教哲學會說，我們有一個最後的歸宿，只是不知道那個歸宿在哪裡，所以我們是在夢中。在夢醒之前，我們是一個客居的身體，這個身體有一天要到哪裡去，我們其實不太知道。因此，「一晌貪歡」只是在夢中貪歡而已。這有一點像《紅樓夢》裡講到繁華最後散盡時說的「樹倒猢猻散」，那些人在大觀園中，情愛之深，貪歡之深，最後卻是「食盡鳥投林」。

「夢裡不知身是客，一晌貪歡」的宗教感和哲學感很強。我覺得它可以用來做任何一種生命形式的告白，讓我感觸到自己的生命其實是在這樣的狀態，是不是應該這樣執著，那些最深的感情，對母親的眷戀，對自己最愛的人的眷戀，好像也不過是「一晌貪歡」，因為我們知道後面會有什麼在等著。我想李後主在寫這首詞的時候，心境已經完全沉澱下來了。他不僅僅是在懷念故國，也是在思考自己這一生到底在幹什麼。貪歡只是有一天要領悟「夢幻泡影」吧！

下面的「獨自莫憑闌」是連接上面的情緒的，一個人靠在欄杆上眺望，其實有非常哀傷、孤獨的感覺。「無限江山，別時容易見時難」，我曾寫過一篇散文叫作〈別時容易〉，「別時容易」也是張大千的一方印，《韓熙載夜宴圖》上面就鈐有這個印。《韓熙載夜宴圖》畫的正是李後主身為南唐國君時的故事。「別時容易見時難」非常直接，很容易令人聯想到李商隱的「相見時難別亦難」。然而，「相見時難別亦難」是人與人的關係，「別時容易見時難」則是我們與自己生命的關係。無限江山似乎已經不再是講國家了，其實是在講我們自己的生命中所可能看到的一切。

這首詞好像是李煜走到生命最後的時刻，所以感嘆「無限江山，別時容易見時難」。「流水落花春去也」，水在流，帶走了所有凋零的花，春天也要結束了。他覺得自己的生命也可以消逝了。如果將這首詞看作廟裡的籤，我想這應該是暗示他生命走向終點的籤。歷來對「天上人間」有很多不同的解釋，很多人認為他的意思是過去在故國像是在天上，過著花天酒地的日子，現在則是被打入人間受罪。我反而覺得「天上人間」其實是一個生命在面臨最後的死亡狀態時，忽然迷惑了：我以後到底會在哪裡？我會在天上嗎？我會在人間嗎？我會是流水嗎？還是落花？或春天？他對自己夢醒之後將要去哪裡，充滿了迷惑。

我前面引用過李商隱的「曾醒驚眠聞雨過」，下一句是「不覺迷路為花開」，因為迷戀著綻放的花，跟著走去，最後找不到回家的路。李後主最後用「天上人間」來結尾，其中或許包含著可以擴大的內容。由於夜晚驚醒過來那一剎那的生命感傷，他忽然得到了生命裡最後的讖語。

＊編者按：《四部叢刊》中，李商隱句為：「曾省驚眠聞雨過，不知迷路為花開」；蔣勳先生書法創作常寫做：「曾醒驚眠聞雨過，不覺迷路為花開」。

第二講

從五代詞到宋詞

詩和詞之間的界限

記錄一個時代的文學，往往不一定是我們所認定的文學形式，有時它會是另一種形式

我們今天看到的「滿江紅」、「虞美人」、「相見歡」，並不是某一首詞的題目，而是詞牌，有點像西方講的音樂的調性，它一定是有旋律的。所謂填詞，就是詞人拿到某一個詞牌後，按照要求把文字放進去。

好比說，我們對《綠島小夜曲》的旋律很熟悉，我們可以把文字抽掉，換另外的文字進去。當然換文字會有限制，因為必須按照音樂的節拍、長短來安排文字。所以，詞在整個文學性上，更接近於與音樂合拍的過程。很多人以為詞是長短句，相對自由，好像就比較容易寫，可是事實上不一定如此，因為它的每一個字與音律之間必須聯繫得很好。它的上聲、入聲，或者它的關係位置、節奏，都必須是準確的，因此難度可能比詩還要高。這是詞與詩在形式上非常大的不同。

我特別想跟大家談詞的音樂性。現今《雨夜花》、《望春風》、《補破網》等民謠，都類似於詞牌的形式，比如《補破網》，它是一首比較哀傷的調子，描寫漁民的辛苦生活，所以後來大家拿《補破網》填詞的時候，基本上也會填進類似的情感。同

樣的道理，我們用〈滿江紅〉填詞時，填的內容大多比較悲壯，很少人會用失戀的感覺去填〈滿江紅〉，大概講情感的時候多會去填〈蝶戀花〉、〈相見歡〉，因為它比較接近《雨夜花》那種調子。

音樂本身的調性，有的慷慨激昂，有的比較婉約、比較哀愁，這就限制了一個詞牌本身的發展。大部分填〈滿江紅〉的詞，大概都在寫關於國破家亡，或者類似的悲壯內容，會比較嚴肅沉重，例如我們很熟悉的岳飛的〈滿江紅〉，就是在傳達一種家國情懷。它比較類似於今天的「軍歌」、進行曲，調性豪邁、悲壯。

北宋的很多詞人在他們的日常生活裡是會唱詞的。唐代詩人也誦詩，可是不像詞在宋代，已經是生活裡非常重要的一部分。蘇東坡曾問旁人：「我的詞和柳永比起來怎麼樣？」對方答道：「柳永的詞是十幾歲的女孩子，手拿紅牙板唱『今宵酒醒何處，楊柳岸，曉風殘月』，而如果是東坡的詞，就要關西大漢執鐵綽板唱『大江東去』。」這裡面明白說出了詞本身是有很強的音律性的，不僅如此，它也包括了歌手的表達。

今天我們談北宋詞的時候，已經抽離了它的音律性。我們不了解北宋詞以歌唱形式流傳的情況，也可能會因此喪失了對北宋詞比較全面的認識。這也是為什麼我很希望大家了解詞的出身，可能真的是流行歌曲。我們常常會忽略一件事，就是記錄一個時代的文學，往往不一定是我們所認定的文學形式，有時它會是另一種形式。

我們今天已經不知道旋律的所有宋詞，在當時其實都是能拿來入樂歌唱的。想像一下，如果詞是在彈著琵琶或者其他樂器伴奏的狀態下唱出來的，像「大江東去，浪淘盡」，透過聽覺上的接觸，感受一定會非常不一樣。

詞長於抒情

這時期的詞都在講某一種特定的情感，詞較長於抒情，較少著力於敘事

詞與詩還有一個很大的不同，即詞是高度口語化的形式，尤其是在北宋。北宋是詞的發展期，這時期的詞保留了民間歌謠的形式，因而它非常口語化。讀唐詩時，我們可能常常要查詢蘊含在詩中的典故，可是大部分宋詞就不那麼需要。

詞更講究唱的過程，它的每一個句子往往是相對獨立的，也就是上下兩個句子間的關係沒有那麼密切的必然性。因為歌曲本身有旋律，所以我們聽一個段落中的某一句時，這一句有它自身情緒的發展，而它自身文字的獨立性非常高。許多宋詞往往是由片斷的句子組成，這些片斷的句子並不見得在整首詞裡發生必然的互動。

我們在講唐詩時，介紹過白居易的〈長恨歌〉和〈琵琶行〉，他可以在百句當中，發展出一首敘事長詩，從「漢皇重色思傾國，御宇多年求不得」開始，鋪敘一個故事，講一個女孩子的成長。「楊家有女初長成，養在深閨人未識」，一路下來，有一個長故事在貫串這首詩。而宋詞，幾乎沒有敘事的意義。像〈長恨歌〉這種以這麼長的文字去描述一個故事的情況，在詞當中慢慢消失了。

這時期的詞都在講某一種特定的情感，詞較長於抒情，較少著力於敘事。但以後詞能否發展出敘事的可能性？可能。比如說，有一天我們把《望春風》、《雨夜花》、《補破網》等全部編在一起，一直編到《綠島小夜曲》，或許就能編出一個台灣發展的故事。詞也是這樣，它們可以組成戲劇的形式，有一點像歌劇，可是每一首歌本身還是短的。

詞是視覺性非常高的文學形式

詞是在宋代文化的基礎上，將漢語格律的美做了一次最大的集合

詩的文學形式產生質變，詞就興盛起來，這其實是因為詩後來發展成太過文人化的專業藝術。中唐以後，像杜牧、李商隱、李賀的詩，用字用句愈來愈繁複，隱喻愈來愈多，愈來愈難讀懂。當一種文學形式繁複到專業性那麼高的時候，它可能達到顛峰，可是同時也會是下坡的開始。這個時候，它就會下到民間。唐代比較有創作力的詩人，大概已經意識到詩必須要轉換成另外一種形式了。

現在保留最早的詞，相傳是李白所作。我們來看李白這首〈憶秦娥〉：

簫聲咽，秦娥夢斷秦樓月。秦樓月，年年柳色，灞陵傷別。

樂遊原上清秋節，咸陽古道音塵絕。音塵絕，西風殘照，漢家陵闕。

李白喜歡在酒樓與這些民間的歌謠形式產生互動，也利用它的曲調，放進自己的內容。

詞是在宋代文化的基礎上，將漢語格律的美做了一次最大的集合，可是它的準備工作是在唐朝。李白這首〈憶秦娥〉，對於詞的創造性意義非凡。李白是在創作上愛「玩」的人，他對形式的創造常常會有比較另類的做法。李白的佯狂，讓我們看到這首詞傳達出他特有的豪邁氣魄，同時也有很多婉轉的地方。

我希望大家特別注意到疊句的大量出現，如「……秦娥夢斷秦樓月。秦樓月……」，「秦樓月」兩次出現，這是歌詞裡常用的形式。所有的歌詞，因為以聽覺為訴求，需要反覆和婉轉。而視覺的東西則常常要避免重複，我們小時候寫作文，老師會要求同一頁盡量避免重複的辭彙或者字句，這就是一種視覺文學的規則，與聽覺剛好相反。又如《雨夜花》或者《望春風》，都有調性和文字的重複，這種「重複性」便於大家記憶，便於跟上節奏。「詞」比「詩」更為聽覺性。

凡是與音樂、音律配合得比較密切的文字，都會形成「婉轉」。所謂「婉轉」，其實就是對感情進行反覆的討論。在〈憶秦娥〉中，我們讀到「秦娥夢斷秦樓月」的時候，其實沒有想到後面會出現「年年柳色，灞陵傷別」，這就是我們剛才所說的詞的句子獨立性比較高。各位有沒有感覺到，這首詞把某些句子抽出來，只有幾個字，就可以單獨成為一個畫面。我在年少的時候讀這首詞，最喜歡的畫面是「西風殘照，漢家陵闕」這八個字；王國維也講這八個字道盡邊關的氣魄，他認為唐以後沒有人再寫得出這樣的畫面：站在落日的殘照當中，秋天的風吹起來，一旁是幾百年前的帝陵。

前面曾提到，詞很大的特徵是它不再敘事了，經過詩的敘事過程以後，詞把情感直接抓出來變成了畫面。我覺得詞的音樂性和視覺性都非常高。詩的敘事傳統中有一個理性規則，它必須從「漢皇重色思傾國」開始，一直到最後，要有一個編織的結構。

可是歌曲的結構常常不那麼嚴謹，可以跳躍。比如在《雨夜花》中，可能一下讓我們看屋簷上的水在滴，一下讓我們看掉在土裡的花萎墮的樣子。它的視覺是轉移的，有點像我們今天的電影鏡頭，自由度非常高。

一位文學史家有個很有趣的描述：宋詞像一種織錦，把很多不同顏色的線編織在一起，而唐詩像是單一的線的串連。用編織、彩繪去形容「詞」，我想是因為它常常會有各種不同的視覺效果和感官效果顯露出來。我們可以在李白的「簫聲咽，秦娥夢斷秦樓月。秦樓月，年年柳色，灞陵傷別」當中，感覺到音調的婉轉，轉成心事；同時也感覺到它具備了釋放出文學獨立個性的可能。

「樂遊原上清秋節」是一個獨立的意象，和後面的「咸陽古道音塵絕」可以相關，也可以不相關。「相關」是靠曲調來相關，而不是靠文學本身的意象，它們其實是獨立的意象。詞在某種意義上更接近現代詩，因為它非常講究意象。

結尾的「西風殘照，漢家陵闕」完全是意象，八個字當中，詩人沒有講他的感情，沒有講他快樂或不快樂。他用的全部是名詞——「西風」、「殘照」、「陵闕」，可是為什麼它們會組合出一種感覺？這就是我們所說的「意象」。意象並不會直接表示「我覺得好悲壯」，可是這八個字卻形成了悲壯的感覺，是一種肅殺，是一種時間的滄桑之感。用這八個字完整地表達複雜的感覺，這是文學上的高手。

從風花雪月到《花間集》

它不是對一個特殊經驗的執著，而是一個特殊經驗被記憶以後，在生命的時間和空間裡的擴大意義

有一類創作者會很直接地傳達自己的情感，另一類創作者會把情感融化為一個意象，而意象的可傳達性和耐久性有時候更強。大家非常熟悉的元曲〈天淨沙・秋思〉：「枯藤老樹昏鴉，小橋流水人家，古道西風瘦馬」，一連九個意象，完全沒有講作者在做什麼，而是以電影拍攝中蒙太奇的手法，形成一個紀錄片的效果。

詩的情感傳達有時候是非常直接的，可是詞必須轉成很多意象化的東西。造成這種轉變的關鍵時期是在五代十國，雖然李白、白居易都是唐代詩人中寫詞、填詞比較多的，像白居易的〈憶江南〉等大概也比較接近民間的歌曲，可是一般說來，唐詩的敘事傳統還是超過抒情傳統。到晚唐時，從民間歌曲中，慢慢開始了一個新的文學運動。

這個文學運動也可以說是由某一些看起來「不務正業」的文人發起的。當創作者「太正統」的時候，往往會變成學者。我們可以想像，唐代後期，如果有所謂中

文系的話，大家都在那兒學李白、杜甫的詩怎麼寫，這時有一個蹺課的學生，逃到KTV去唱歌，這個人大概就是詞最早的創作者。我的意思是，文學形式一旦僵化，就會有一些另類的人開始「蹺課」。「蹺課」的意思是說他必須回到生活裡，去尋找文學新的可能性。而那個時候他們的方式是接近歌妓，接近民間歌手，從伶工、樂手那裡找到新的靈感，這是詞非常重要的來源。創作是需要「蹺課」的。

正是由於詞的開始與流行歌曲靠得太近，所以最初文人對它的評價不高，因為大家覺得它永遠在寫一些風花雪月。歷史上最早寫詞的那些詩人，作品的內容大多也的確是比較風花雪月的。有一部非常重要的五代詞總集叫作《花間集》，這也是最早的文人詞集。五代十國的時候，文化最高的是定都成都的後蜀和定都金陵的南唐，這兩個國家對詞的發展都有非常大的影響。南唐的兩個君王——李中主和李後主，即李璟和李煜，最早把詞發展到了士大夫格調的程度。

四川一直是中國非常富有的地方，從三星堆文化看下來，就可以發現，當地有相對獨立的文化形態。當中原力量不強的時候，蜀常常扮演很重要的文化創造者的角色。五代的時候，蜀地出了非常好的畫家和文學家。後蜀趙崇祚編了一個集子，收錄了晚唐、五代十八個文學創作者的詞作，取名《花間集》。《花間集》是了解五代詞進入北宋詞的一個非常重要的關鍵，其中包括幾個重要的創作者，像溫庭筠、韋莊、牛嶠等。

《花間集》中常常被引用的句子，和我們今天的流行歌曲的內涵是非常相似的。比如描寫情愛的內容，說兩個人要分別了，卻依依不捨，頻頻回首，「語已多，情未了，回首猶重道。記得綠羅裙，處處憐芳草」（牛希濟〈生查子〉）。「綠羅裙」是女孩子穿的綠色裙子，要對方記得這樣一種綠色，以後走到天涯海角，看到所有草的顏色，都會愛憐那草，因為愛是可以擴大的，會從綠羅裙擴大為「處處憐芳草」。這兩句也是朱光潛在他的美學作品裡引用過的句子。

文學和藝術上的美，其實是一種擴大的經驗，我們不太知道在生命的哪一個時候，會因為一種什麼樣的特殊體驗而使情感擴大。也許對其他人來講，草的綠色是沒有意義的，可是對這個詞人來說，草的綠色是他曾經愛戀過的女子的裙子的綠色，所以他會「記得綠羅裙，處處憐芳草」。朱光潛認為美學的擴大意義其實也在這裡。這種現象很有趣，它不是對一個特殊經驗的執著，而是一個特殊經驗被記憶以後，在生命的時間和空間裡的擴大意義。

「自戀」的美學經驗

五代是中國美學「自戀」的開始，是一種非常精細的，有一點耽溺的經驗

唐朝是一個向外征服的時代，它的一切感官都很蓬勃，精力非常旺盛，像李白就是具有這種時代特徵的典型創作者。但在向外的征服中，常常會忽略向內的纏綿。五代時，天下大亂，後蜀和南唐的經濟穩定富有，於是人們對於很細膩的情感產生了一種眷戀。我認為五代是中國美學「自戀」的開始，這個「自戀」沒有任何褒貶的意思，只是說原來唐詩是向外的觀察，譬如「大漠孤煙直，長河落日圓」，而現在轉回來變成「記得綠羅裙，處處憐芳草」，是一種非常精細的，有一點耽溺的經驗。

詩和詞會令人產生很不同的美學經驗：詩的經驗是比較外放的，而詞是比較內省的。我們很難在唐詩，尤其是盛唐詩人的作品中看到「記得綠羅裙，處處憐芳草」這樣纏綿、有一點頹廢的體驗。類似「語已多，情未了」的句子，會在北宋詞中大量出現，因為它集成了南唐和後蜀詞作的經驗，北宋最早的畫家和詞人主要來自於這兩個地方。

馮延巳與南唐的李中主、李後主生活在同一個時期，他們常常一起吃飯喝酒，一起唱歌——這裡用「唱歌」來代替所謂的填詞。比如他們某天決定唱〈鵲踏枝〉的曲調，當場寫好後立刻交給樂工演奏，然後由歌手唱出來。

眾人在一起填詞、唱歌，有時可能會有一點搞混。某一首詞，有人說這一句是馮延巳的，有人說這一句是李後主的，為什麼會產生這種現象？就因為當初在歌詞的創作過程中，沒有在意所謂絕對的個人創作，大家是在一個共同的音樂環境裡玩。在填詞的時候，有人說這一句如果改成另外一句會不會更好，大家覺得是這樣，於是就改了，所以那一句可能是別人的句子。這種填詞的方法，就有一點集體創作的性質。在晏殊、歐陽脩、馮延巳等人的作品中都出現過這種現象，就是我們可能在別的文學史書中發現這一首詞不是馮延巳的，而是另外一個人的名字。

下面選了兩首馮延巳的〈鵲踏枝〉詞，希望大家感受和印證一下詞的「自戀」形式。在希臘文化裡也許有所謂自戀傳統的美學討論，可是在我們的文學和美學形式當中，過去很少有人談論這樣的字眼。在讀這兩首作品時，各位可判斷一下所謂的自戀、耽溺，甚至是一點點頹廢，它們的意義是什麼。

以一朵花或一枚雪片的姿態體會宇宙自然

能夠感受到春天花朵綻放的人，必然要在某些時候體會到花朵凋零的哀傷

馮延巳的詞非常簡單，幾乎沒有什麼典故，我們先看第一首〈鵲踏枝〉，去體會一下五代詞最早的精神導向。

誰道閒情拋棄久，每到春來，惆悵還依舊。日日花前常病酒，不辭鏡裡朱顏瘦。
河畔青蕪堤上柳，為問新愁，何事年年有？獨立小樓風滿袖，平林新月人歸後。

五代十國的時候，整個文化中心漸漸從北方轉到南方，有著上千年都城史的長安日益沒落。繼起的宋不再定都長安，而是選擇了比較偏南方的汴梁城（即汴京，今開封）。文化中心的南移使得原有的北方塞外的文學景象慢慢轉成南方的文學景象，而這種景象常常發生在春雨連綿的初春時節，它會對人的心境產生影響，我稱之為一種「生態美學」。

大家應該還記得李後主的句子：「簾外雨潺潺，春意闌珊。羅衾不耐五更寒。夢裡不知身是客，一晌貪歡。」這樣的句子和馮延巳的意境高度契合。為什麼會「每到春來，惆悵還依舊」？因為每到這個季節，春雨連綿，花慢慢在萌芽，人也感覺到自己生命內在非常複雜的心情，好像是眷戀，又好像是頹廢。我們沒有辦法解釋這惆悵是什麼，它不必伴隨事件，這與〈長恨歌〉的情緒必須有事件來引導是不一樣的。詞將事件抽離，我們無法追問為什麼會惆悵。

此外，由於經濟的富有和政治的安定，人會回到自身的生命裡面去進行反省和沉澱，有時會構成生命裡更大的內在感傷。所謂的惆悵又叫「閒愁」或者「閒情」，

「誰道閒情拋棄久」，閒情是一種說不出來是什麼的情。如果一個人致力於外在的追求，致力於向外征服，反而不會有這種內在的感傷。但到了五代十國，我們從南唐詞裡，從馮延巳的詞裡，非常明顯地看到「惆悵」、「閒情」這類字眼大量出現。

「日日花前常病酒」，在春雨連綿的季節，當花一簇一簇開放的時候，他每一天的日子就是生著病在花前不斷喝酒。這完全是五代詞的狀態，不再是「西風殘照，漢家陵闕」。到五代的時候，詞有一種內收的形式出來，「內收」是因為感覺到向外的征服完成了之後，沒有辦法解決心中本質的生命的落寞，它更傾向於哲學性或者宗教性的內省。

在漢語當中，「頹廢」不是一個正面的詞，我們說一個人很頹廢，絕對不是讚美的意思。可是在西方的文化當中，頹廢有特殊的美學上的意義：經過巨大的繁華之後，人開始轉向對於繁華的內在幻滅的感受，這叫作「頹廢」。十九世紀末的頹廢美學在西方美學中占據了非常重要的位置，他們在巨大的繁華之後，開始反省繁華的意義何在。好比說一個家族裡，第一代打拚，第二代守成，大概到第三代會開始反省自己的意義何在，會出現對生命本質的幻滅感，會生出對於財富、權力追逐的某一種沉靜下來的力量。我們剛才提到的韋莊、馮延巳都是皇帝身邊的貴族，在現實生活裡，這些人向外的征服已經沒有任何缺憾了，這個時候，心靈上的空虛感、缺憾感會成為他們創作的源流。

我們不必表示喜歡不喜歡這樣的美學，可是文學仍有未被開發的部分，那就是內心某一種「頹廢」的經驗，那是指從西方所謂的「頹廢」字面翻譯過來的內心經驗的反省。它和我們漢語裡講的頹廢不太一樣，「日日花前常病酒」其實是一個非常清晰的畫面，這個「病」可能是在講身體的病，也可能是在講心裡沒有被治癒的創痛或無力感。

南唐是五代十國中富有的國家，可是面對北方日益強大的宋，它漸漸感到了無望。李後主後來被宋軍俘虜到北方，他所寫的「四十年來家國，三千里地山河」，把南唐詞當中的「頹廢」經驗一下子總結出來：在政治安定和經濟富有之外，還有不可知的宿命感以及對不可知的無力感。北方強敵壓境，南唐不知道要怎麼辦，不知道要怎樣與北方相處，在這樣的狀況下，南唐詞在文學形式上的「頹廢」也就不是毫無根據了。「日日花前常病酒」就是當時南唐文人的寫照。

《韓熙載夜宴圖》中的韓熙載也是「日日花前常病酒」。他是朝廷的重臣，但他會把領來的官俸花到各個妓院去，沒有錢的時候，就化裝成乞丐，到妓院去討飯。這種形式就是「頹廢」，是感覺到生命的某種無助和無處傾訴。我希望大家透過這個背景去理解馮延巳。

北宋是南唐的強敵，宋軍打到金陵，抓走李後主的時候，予人一種弱勢政權被收拾的感覺。可是不要忘記，宋開國時本身也是弱勢的，它的北方有更強大的遼、金。宋後來為什麼接受了南唐文學的頹廢經驗？因為宋本身也有政治的壓迫感。宋和唐開邊的經驗是非常不一樣的。唐代開國的時候不斷開邊，在唐太宗時代有六、七十個國家向他朝貢；可是宋代統一過程中的開邊卻在對抗遼的戰爭中受挫。經驗的不同使得文人士大夫去追求另外一種美學，即生命裡的「頹廢感」，這其實是我們所有人進入五代詞和北宋詞的最大挑戰。

很多人認為「日日花前常病酒」與晚唐李商隱的詩有關，可是我覺得不同。李商隱的「春蠶到死絲方盡」表現出一種極大的熱情，而在「日日花前常病酒」中，熱情開始冷淡下來了。五代詞的內裡常常是炙熱的火燒過以後冷灰的感覺。「日日花前常病酒」就是那冷灰，它把熱烈的情感拿走了。

大家可以再做一點比較。一個詩人寫出「春蠶到死絲方盡」，說明他還是有熱情的，他要把自己包裹起來，不斷地去吐絲；「蠟炬成灰淚始乾」，說明他還要去追求，哪怕不斷地流淚，為生命流淚。可是到「日日花前常病酒」的時候，大概就真的是心已成灰了。

我所謂的「南朝」不僅是說一個朝代、一個國家的地理位置，更關乎它的文學傳統和美術傳統，那些沒有定都在北方的朝代，懷有獨自把經濟繁榮穩定下來的自我期望，可是無力感又那麼深。對「南朝」的這種認識，慢慢引導我進入五代詞和北宋詞，我忽然發現這可能更貼近我自己的生命體驗。如果我刻意要去營造一個「西風殘照，漢家陵闕」的景象，其實有一點作假，因為根本沒有漢家陵闕在身邊了。

美學是不能勉強的，它必然跟隨個人所處時代的真實經驗去闡述。孤獨、落寞、惆悵、茫然、迷失……這些其實在五代詞中浸透得非常深，給後來的文學提供了重要的經驗。海明威（Ernest Miller Hemingway, 1899–1961）等人被稱為「迷失的一代」，他們的作品寫出了人在巨大的信仰崩潰之後，尋找自我的過程中出現的迷失感。這有點像北宋詞人秦觀寫的「月迷津渡」，月光朦朦朧朧，渡頭都看不到了，「迷」成為一種非常特殊的狀態，從五代到北宋都帶著這種迷失。

我希望馮延巳能夠成為大家了解五代詞的一個入口。透過他的作品，大家可以感受到文人的形貌所發生的變化：這麼消瘦，這麼「頹廢」，這麼「自戀」。「不辭鏡裡朱顏瘦」，一個男性詩人不斷地看著鏡子裡自己容貌的消瘦和衰老。在鏡裡對自己凝視，深深地耽溺在裡面，他不只是在看，同時還有一點沉醉。「日日花前常病酒」是對生活形態的描述；「不辭鏡裡朱顏瘦」是對鏡子裡自己容貌長久的凝視。兩個句子都可解釋所謂的「頹廢」和「自戀」。

韓波（Jean Nicolas Arthur Rimbaud, 1854–1891）的詩裡很多這種東西，可是遠不如馮延巳。我常常想跟法國朋友說，要講「頹廢」經驗，我們比你們還早得很呢。這種在南唐被創造出來的「頹廢」經驗非常奇特，可是奇怪的是，西方十九世紀末的所謂「世紀末風」（頹廢的美學），至今還時常在藝術上被討論，可是我們的南唐經驗卻還在被迴避……

宋朝這樣一個積弱的朝代，在遼、西夏、金諸強敵面前，前後約存在了三百年，並且留下了讓所有人佩服的文化。我們說唐是「大唐」，而宋不過是一個積弱不振的朝代時，其實是把政治做為考量朝代的唯一指標，而忽略了宋朝曾做出全世界工藝水準數一數二的東西——陶瓷、絲綢、印刷……。我們經常注意誰在政治上強勢，卻很少歌頌文化上的強勢。我認為，在讀歷史的過程中，轉換一下角度，會發現每個朝代都有不同的貢獻與特徵。

再來看「不辭鏡裡朱顏瘦」，作者對鏡子裡自己的凝視，有沒有另外一層意義呢？它不是一種向外擴張、征服的願望，而是對生命存在價值的內在反省。向外擴張和內在反省，為什麼不能兼容並蓄呢？為什麼要提升文化就要不斷地去征服呢？

我們歌頌唐朝，是因為唐朝國勢的強大。當然唐朝還有李白，但是我們也可以說，北宋出現的柳永和蘇東坡等人，有另外一種生命的豁達和從容。宋朝以前，漢族很長時間都站在優勢的位置，可是這個時候它受傷了。我覺得一個民族的受傷經驗不見得不好，如果沒有受過傷，大概很難理解曾經被我們欺負過、傷害過的其他民族的感受；當自己弱勢了，才會知道傷害別人是應該反省的。宋朝是一個很特殊的朝代，它開始有了內省的經驗，政治上的受傷使它開始反省多重的關係。

後面我們會講到范仲淹。范仲淹是鎮守陝西、對抗西夏的軍事家，同時他又是那麼好的詞人。范仲淹擔任過陝西經略安撫招討副使，相當於今天的邊防司令，但是他可以寫出「碧雲天，黃葉地，秋色連波，波上寒煙翠」這樣的句子。

宋朝某一種柔和性的東西，可能值得我們重新去思考。經過唐之後，漢族與周邊民族之間究竟建立起什麼樣的關係？其實唐朝從來沒有以平等的態度對待過它的周邊民族，所以我們看到《步輦圖》裡，那個來到長安城晉見天可汗李世民的吐蕃大臣，被閻立本畫成那麼卑微的樣子。在這樣的背景下，宋的受傷使它重新去思考怎樣與周邊民族建立平等的關係。而這樣的經驗對漢族來說是陌生的，因為漢族過去一直處於「天下之中」的自我認識中，稱周邊少數民族為「四夷」，沒有把他們放在對等的位置上。

生命是一個非常漫長的過程，能夠感受到春天花朵綻放的人，必然要在某些時候體會到花朵凋零的哀傷。只看到春天的燦爛，而不能看到秋天的肅殺和蕭條，那他的生命經驗也是不圓滿的。

如果我們太眷戀唐，眷戀它開國的氣度與豪邁，眷戀那種旺盛的向外征服的生命力，那大概沒有辦法忍受宋的安靜，體會那種收回來的內省力量。向內的征服所要花費的工夫恐怕比向外的征服還要大。向外的征服可能是養兵千日，去征伐敵人，可是向內的征服是自己靜下來去做內在呼吸的調整。宋詞有更多個人的體驗突顯出來，而這一點在五代時已初露端倪，「詞」開始有了凝視鏡子中的自己的心情。

〈鵲踏枝〉的下闋有如冊頁畫，畫面感很強。「河畔青蕪堤上柳」，河岸上草色青青，堤上綠柳拂動。「為問新愁，何事年年有？」大家已經注意到，一進入五代，閒情、惆悵、新愁，種種內在不可排解的落寞之感，全都浮現出來了。

當然唐代也有，但它會被更大的聲音所掩蓋。李白有很大的愁，可是會「與爾同銷萬古愁」，他在喝酒和歌唱的時候把它揮霍掉了，而不把它做為鏡裡的凝視對象。五代詞人不是這樣，他們在極大的孤獨裡去凝視這種愁。其實我們在讀「花間一壺酒，獨酌無相親」時看到了李白的愁，可是他很快就「舉杯邀明月，對影成三人」了。他有自己的排解之道，可以立刻把心裡面的愁悶擴大為對宇宙的體驗，使其消解。

我們在白居易〈琵琶行〉看到的「同是天涯淪落人，相逢何必曾相識」，那也是愁，但是他可以讓「愁」在自己和另外一個人之間產生對話關係。唐代的「愁」是不太會被封閉到個人化的、絕對孤獨的體驗當中去的。可是我們看馮延巳或者李後主的作品，總是晚上一個人睡不著覺，在絕對的孤獨當中和自己進行對話。它失去了對話的對象，幾乎變成一種深層的獨白。

對於惆悵、閒情、新愁，或者所謂文人的風花雪月，如果從負面的角度來說，它可能是「頹廢」；可是如果從正面來講，生命中的憂愁是一種本質上無法排解的內容。生命最後的虛無性是存在的，對於一個敏感的人來說，新愁是一定會跟隨著他的，因為他會看到所有生命的週期——柳樹會發芽，也會枯死，水邊的草也會有生死，其他生命也是如此。當他看到生命的流轉，他便開始「為問新愁，何事年年有」，他將愁當成了一個對象，問它為什麼每年都來。

下面兩句是我前面提到的最能夠入畫的那種畫面：「獨立小橋風滿袖，平林新月人歸後」，前一句就像後來宋徽宗拿來考畫家的詩題。我們大概都有過類似的經驗：在某一個傍晚，有風，自己一個人站在空曠的地方，衣服被風吹起。「獨立小橋風滿袖」其實是個人存在的狀態，這種狀態是一種飽滿，也是一種孤獨。飽滿和孤獨看起來是兩種無法並存的生命狀態，此刻卻同時存在，大概在我們擁有最大的生命喜悅的同時，一定有最大的生命感傷。「獨立小橋風滿袖」是一個意象，它沒有直接描寫喜悅或憂傷，但是我們能感受到它所傳達的是雙重感情。大家可以回想一下自己在生活中類似於「獨立小橋風滿袖」的體驗。比如在爬山時，感覺到衣服的每一個隙縫裡都有風，而且風在和我們的身體對話，這個時候好像才意識到自己是存在的，做為一個生命個體，既感受到了喜悅，同時又有感傷，因為我們知道它會消逝。「平林新月人歸後」也是一個意象。一片樹林上面，一彎像眉毛的月亮，人已經回去了。注意是「人歸後」，此時只剩下一個空空的畫面。

這有點像歐陽脩講的「平蕪近處是春山，行人更在春山外」的感覺。宋以後的畫作中經常看不到人，因為鏡頭拉遠，人遠離了，變小了。「平林新月人歸後」雖然是五代時的句子，但也是讓人變小的風景；而在唐朝很少有機會看到無人的風景，或者不從人的角度去看的風景。從人的角度看到的風景都是征服的，不從人的角度看的風景，才是所謂「萬物靜觀皆自得」，它促使我們以一朵花或者一枚雪片的姿態去體會宇宙自然，成為大自然的一部分。

文人的從容

人有一部分是社會性的，有一部分則是非常私密的，當私情的部分被滿足的時候，一個人就圓滿了

宋朝的文人慢慢接受了來自南唐和後蜀的文化美學氣質。在一個相對獨立、不受干擾的環境裡，四川和江南這種富有的地方發展出高品質的文化，雖然在軍事戰爭中失敗了，卻提供孕育文化的溫床，令後來的政權有機會學習。宋代在真宗、仁宗主政時，進入了文化水準最高的時期。

唐朝的李白沒有「科舉人」的身分，也沒有正統的資歷，是因為詩寫得好而「供奉翰林」的，身分有點類似皇室的「御用文人」。我認為宋代的科舉制度是所有朝代裡最上軌道的。國家考試能把當時的精英全部選拔出來是非常不容易的事情，而范仲淹、歐陽脩、司馬光、王安石、蘇軾等人，全部是透過科舉出來的。

宋代科舉有一個很嚴格的系統，由非常好的文人主管，比如蘇軾考試那一年的主考官就是歐陽脩。他們的品格、品味之高，形成了歷史上最高的文人風範，在文人政治的背後產生一種個人的從容。中國歷史上很少有一個朝代的文人可以在政治上沒有恐懼感，可是宋朝的文人相對有很大的自信和安全感。因為宋朝有所謂的「太祖誓碑」，繼位的皇帝都必須遵守，其中一點就是「不殺士大夫」。

在這樣的環境裡，知識分子的人格得到尊重，宋朝出現了中國文化中非常優秀的一批知識分子。關於「尊重」這一點，甚至近代都未必做得到，文人有時候會在政治裡被利用一下，可是未必真正能夠成為對國家政策、對各方面進步最重要的決策者。在歷史上，知識分子常常處於戰戰兢兢的狀況中，要麼卑微，要麼悲壯，能夠有宋朝知識分子那麼坦蕩的情懷的是少數。像王安石與蘇軾，在朝堂上可以有那麼多不同的意見爭論，在朝堂之外卻可以寫詩唱和，我想這能夠幫助我們體會北宋詞的從容。

如果說哪個朝代的皇帝有非常強的文人氣質，大概也就是宋朝，從真宗、仁宗之後，到神宗、徽宗，都像文人。有一年宋徽宗的畫像被借到法國展覽，整個香榭麗舍大道兩側掛滿了穿著紅衣服坐在位子上的宋徽宗畫像，法國人都為之風靡。宋代有好幾個皇帝都寫得一手好字，作得一手好詩，畫得一手好畫，這是皇室教育的成功；而這種成功是因為當時一批傑出的文人扮演了皇帝老師的角色，比如朱熹。這些人做皇帝老師的時候，會把文人的經驗傳遞給皇帝，促使他們可以講道理，可以謙遜，可以真正談談文化。

正是這些背景構成了宋詞乃至宋代文學的發展基礎。我們看看歐陽脩、范仲淹等人的詞，在一個男性擔當特殊角色的社會結構當中，可以流露出「白髮簪花君莫笑」的情感，他們表達內心最柔軟的部分時，並不會覺得羞怯。人有一部分是社會性的，有一部分則是非常私密的，當私情的部分被滿足的時候，一個人就圓滿了。

宋代的詩詞與同時期的策論文章有很大不同，如果拿蘇東坡等人的策論和他們的詞對比，會覺得判若兩人。蘇東坡考試時寫的〈刑賞忠厚之至論〉是談司法制度的，他和宋神宗、王安石辯論新法之失的時候，策論寫得洋洋灑灑，絕對是最好的政論文章。可是當他寫到「牆裡秋千牆外道，牆外行人，牆裡佳人笑」的時候，忽然可感受到性情柔軟、嫵媚的東西跑出來了。這些人身上是有兩面的，他們也很了解自己有必要做一個完美的理學的信仰者。所謂「完美的理學」，是儒、釋、道三者相融合、調適平衡的一種關係。

宋代是一個最懂得融合的時代。所謂融合，意思是說過去總要分你是佛家，他是道家，我是儒家（像杜甫是儒家，所以是「詩聖」；李白比較接近老莊，所以是「詩仙」；而王維比較接近佛教，所以是「詩佛」），可是宋朝時這種界限愈發模糊。文人們身上有一種豁達，可以在上朝的時候扮演儒家的角色，下朝的時候又是另外的樣子。看看蘇東坡和佛印和尚的關係，他可以「無入而不自得」。

這是一種成熟，也是一種智慧。我們會發現其實身體裡有很多個不同的「我」，當我們決定哪一個是真正的「我」時，對其他的「我」就開始排斥了，然後自己和自己打仗，糾纏不清，姑且稱之為「分裂」。可是「分裂」其實是和解的開始，也是圓融的開始。當我們發現身體裡很多的「我」可以坐下來好好談話的時候，那大概會是很愉快的體驗。

包容之美

靜觀萬物是因為我們對自己的生命有信心，可以看到生命來來去去

我非常喜歡宋代的文人可以在作品中自由轉換角色，轉來轉去一點都不衝突，所有的分裂都和解了。詞對他們來講本來就是玩賞之物、遊戲之物。

北宋歐陽脩、王安石這些人，都可以進退不失據，就是因為他們有一種對人格的完美要求。他們做官不是為誰做的，是因為自己的理想，所以他們非常清楚做官與不做官之間的分寸。蘇東坡不會因為被下放了，就不做事了，他要做的事情更多，有更多的機會去與人接觸。他被貶到嶺南，覺得荔枝很好吃，就寫起荔枝來。

我覺得這些是宋朝最可愛的部分。唐朝一切東西都要大，而宋朝可以小。小不見得沒有價值。他可以很愉快地去寫生命裡一個小小的事件、一點小小的經驗，他把春天的燦爛、秋天的蕭瑟都看到了，是另一種美學。我們在現實中常常進行比較，比較當中很少有「完全」，因為比較之後一定有一個結論，是要其一，還是其二。可是「完全」的意思是，生命中這些東西本來就都在，雄壯是一種美，微小也是一種美，沒有人規定雄壯的美會影響微小的美。「西風殘照，漢家陵闕」可以是一種美，宋代畫家

畫的一片葉子上的草蟲，也可以是一種美。

台北故宮收藏的《草蟲瓜實圖》上，畫了一個瓜，瓜上有一片葉子，葉子上有非常小的一隻蚱蜢，很多人都盯著那隻草蟲看，讓人感覺到小小昆蟲的生命也是一種美。宋朝是可以靜觀萬物的，靜觀萬物是因為我們對自己的生命有信心，可以看到生命來來去去；這之中有更大的包容，不去做比較和分辨。這個時代既有范寬在畫《谿山行旅圖》那樣大氣魄的山水，又有花鳥畫家在畫一些非常小的草蟲。

「大」和「小」都是一種宇宙世界，當然這背後有一個非常深的哲學背景。北宋理學其實是一種生命之學——談生命中的寬容，談拿掉所有外在的權力、財富之後，人怎樣才能像一個人，這些是當時的理學家關心的問題。

宋朝的知識分子可以回來做自己，這種自我的釋放使得宋朝在文化的創造上產生了一種「平淡天真」，就是不要做作，也不要刻意，可以率性為之。

人不能「萬物靜觀」，很難「皆自得」，很難有自信，也就充滿怨恨。

如果去台北故宮看到《寒食帖》，會發現宋朝人寫字不像唐朝人那樣規規矩矩地寫楷書，也不一定是狂草，他可以隨意，寫錯字再改一改就好了。沒有人規定偉大的書法裡不能有錯字，錯了為什麼一定要再寫一次呢？生命裡面的錯誤讓別人看到會那麼難堪嗎？這個字錯了，就把它圈掉，旁邊再補上一個字，這些在書法中都出現了。蘇東坡、黃庭堅的書法裡都有塗改的痕跡，書法的美學因此從一個官方的很正式的規格轉變為性情的自然流露。從藝術中可以看到人的真性情，是什麼就是什麼，對、錯都是自己，不要去掩蓋它。

宋代的文人崇尚理學，這樣的哲學也與後蜀和南唐有關，其中滲透了某種非常奇特的流浪感。我講的「流浪」，是指一種生命的不定形式，是說「我」可能正在旅途當中。唐詩〈春江花月夜〉所展現的就是一種旅途當中的流浪感，可是更大的流浪，有一點像佛經裡面說的「流浪生死」，是生命從哪裡來，又到哪裡去的流浪之感，這使生命的不定性產生真正的惆悵與愁緒。

深情存於萬事萬物

生命都是有前緣的。一朵花，或者一隻燕子，都會變成生命中的一種象徵

馮延巳的另一首〈鵲踏枝〉，我覺得是在講一種流浪感。

幾日行雲何處去，忘卻歸來，不道春將暮。百草千花寒食路，香車繫在誰家樹？
淚眼倚樓頻獨語，雙燕來時，陌上相逢否？撩亂春愁如柳絮，悠悠夢裡無尋處。

一開始就用了一個意象——在天空中飄動的雲。李白曾經講過「浮雲遊子意，落日故人情」，「浮雲遊子意」是講一個遊子像浮雲一樣居無定所，不僅是身體上的流浪，也包括心靈的流浪。我們看看馮延巳是怎樣傳達出這種流浪感的：「幾日行雲何處去，忘卻歸來，不道春將暮。」從五代到宋，常常會有一種對時間的感傷，不知不覺春天已經快過完了。「不道春將暮」，其實是對生命在不知不覺中衰老的感傷，是對青春在不知不覺中逝去的感傷，它和「不辭鏡裡朱顏瘦」的意義是一樣的。「春」、「暮」兩個字合在一起，是在講述繁華的過去。

從歷史上說，大唐的確是繁華的過去，宋朝則是一個有機會去回憶繁華的時代。法國十九世紀末、二十世紀初最重要的作家是普魯斯特，他的《追憶似水年華》是在寫一個家族的繁華；《紅樓夢》也是寫家族的繁華。在繁華當中時間過得很快，一旦對時間有感覺，大概就是繁華已經過去了，所以作者以「不道春將暮」來述說自己心情上的流浪。

「百草千花寒食路」，在清明的前後，百草千花都在繁盛地開放，可是春天快要結束了。百草千花是在講繁華，寒食則是在講心情的落寞，特別是寒食節還隱含著介之推被燒死，大家為紀念他不吃熱食的典故。「百草千花」和「寒食路」是一組對比，一面是繁華，一面是幻滅。

「雙燕來時，陌上相逢否？」這一類句子，我們在晏殊的詞裡還會看到。他們常常會寫春天看到燕子來了，就問燕子「我們是不是去年見過」，有一點「為問新愁」的意思。這一類形式在唐詩裡幾乎沒有，其實它是在很特殊的萬物靜觀之後感受到生命的流轉形式，覺得生命都是有前緣的。一朵花，或者一隻燕子，都會變成生命中的一種象徵。

像晏殊的「無可奈何花落去，似曾相識燕歸來」，其實燕子回來是季節的景象，是客觀的，可是「似曾相識」就變成主觀了。我們覺得那個生命是曾經認識的，似乎有過很多的記憶，好像有很多沒有了結的東西要在這一世延續。這個部分很明顯是佛教或者老莊的成分進來了，特別是佛教，輪迴觀認為生命不是一個短暫的形式。「陌上相逢否？」是在問燕子，在向外的政治力量結束之後，人才會回來關注自己身邊的小事物。

我們經常在談虛妄誇大的東西，對身邊的小事卻可能沒有真正珍惜過。對於每年春天來過屋簷下或田陌上的燕子，我們都沒有注意過。這個時候，「大」會變成虛大、浮誇，而不是真實的深情；五代到宋的詞則多半在講深情，較不談大的問題。「淚眼倚樓頻獨語」，淚眼婆娑地靠在樓邊獨白。唐詩的對話形式轉變成心事獨白，而這種私密心事不能隨便傳達給別人，所以這個時候才敢問「雙燕來時，陌上相逢否？」

當然這裡面有很複雜的隱喻。很多人認為「雙燕」是某個女子，可是我覺得戀愛不見得一定是跟人，我相信深情是可以存在於萬事萬物之中的。比如我到日本看櫻花，會覺得是前世曾經看過的，這是一種很奇特的心情，好像生命中有些東西在一個超經驗的狀況裡輪轉。尤其對創作者而言，他會尋找某一個記憶或經驗，甚至是記憶以外的空間和時間。

我並不喜歡將「雙燕來時，陌上相逢否？」注解為「在燕子來的時候，問我們去年是不是在田陌上遇到過？」這種注解特指某一個人、某一個戀愛的對象。其實我覺得，作者自己可能真的就是燕子，他覺得他的生命形式是迴圈的。也許去年春天來過，今年又來了；也許是五百年前來過，五百年後的現在又來了。由於理學本身包容了很大的佛教經驗，打破了儒家關於時間和空間的概念，將其擴大至無限，所以這一部分在北宋詞裡會看到更多。

「撩亂春愁如柳絮」，那種春天的愁緒、煩亂，像隨風飛舞的柳絮一樣。柳絮飛起來是一團一團的，毛毛的，滿天滿地。作者用柳絮比喻「總是拂不去的東西」，它輕得不得了，但就是沾得人們一身都是，變成了一種對心情的形容。

唐詩裡面很少有這種東西，詩人們站在那裡，目視著「西風殘照，漢家陵闕」，他們看不見柳絮，因為柳絮很細小。可是宋朝的時候，詩人已經開始用「顯微鏡」了，他們專注地看到了生命裡面這麼小的事物，也許這是因為他們在文學上沒有那麼大的野心。可是換一個角度來看，要近到什麼程度，才會看到這麼小的東西？這也是需要野心的。

所謂「致廣大」是一種能力，「盡精微」也是一種能力。如果說唐朝一直在「致廣大」，那麼到了宋朝則開始「盡精微」了，當然在整個儒家的道統裡面，「致廣大」和「盡精微」必須合在一起才是完整的。

所以我覺得，唐、宋也要加在一起才是完整的。比如，李白詩的音韻高亢得不得了，詩裡不是俠客就是仙，都是特異的生命形態。可是在讀五代詞、北宋詞的時候，會感覺到人的一種平凡的真實性。作者把自己置放在季節或者山水當中，去看人的真實性，而不去虛誇人對自然的控制或征服。讀「大漠孤煙直，長河落日圓」，當然很過癮，因為它的氣派很大；可是「獨立小橋風滿袖」卻是一種非常特殊的個人與宇宙合一的平凡經驗，這些單純細小的經驗積累成了北宋後來體現出的狀態。我們會用偉大去形容唐詩，但不太會用偉大去形容宋詞，因為後者不追求偉大，它追求的是一種平靜。

「撩亂春愁如柳絮，悠悠夢裡無尋處」表達了對生命的茫然之感，或者說是剛才講的流浪之感、迷失之感：這種愁到底在哪裡？在夢裡無可尋找。它表達的是一種春愁、一種閒情、一種惆悵。不過這種惆悵不嚴重，沒有到絕望的地步，它是一種淡淡的哀愁。這裡連情緒的根源都不清楚，因為不清楚，所以才會變成抽象的、對於生命內在的描述，那種「無尋處」的狀態才是重要的。

為君持酒勸斜陽，且向花間留晚照

這個美好勢必要結束，在結束以前，至少能夠和繁華在一起，能夠有一種深情的珍惜

白居易寫「花非花，霧非霧」，已經有一點碰觸到類似「悠悠夢裡無尋處」的神祕經驗。宋朝的時候，這個內在的神祕經驗成為主流了。我首先想和大家提到的就是宋祁的〈玉樓春〉，其中有一種繁華，有一種完全屬於宋朝的美。

我常常覺得詞牌和西方的調性最大的不同在於：它會把某個調性的內在經驗轉換成

很簡單的符號，讓我們感覺到這個歌大概應該怎麼唱。比如「鵲踏枝」這個名字，有一種喜鵲在樹枝上跳動的感覺，好像是支優美的小調，有一段優美、愉快的旋律，可是又帶著一些淡淡的自我反省的力量。到了「玉樓春」，會感覺到它是更喜氣的調子。中國的詞牌很特殊，它不像西方那樣是用一個客觀的調性去記錄，而是把它轉換成富於文學性的描繪。現在很多人說「玉樓春」三個字沒有意義了，可是我覺得有意義，「玉樓春」表現出的像是一個春天，在酒樓上，詩人喝著酒，有一種開心，有一種喜悅。我覺得這首詞反映了北宋開國時期文人的一種詞曲生活。

有一段時間，在江蕙的歌裡能夠聽到某一種很哀傷的情緒，苦悶的，而且是自毀性的，喝酒一定要喝到肝都壞掉的那種情緒。我覺得歌曲比一般詩人的詩更能夠傳達時代性，宋祁的〈玉樓春〉就是這樣能傳達時代性的作品。我其實是把〈玉樓春〉、〈鵲踏枝〉當成時代中的歌曲看待，而不認為它們是絕對個人的創作。

東城漸覺風光好，縠皺波紋迎客棹。綠楊煙外曉寒輕，紅杏枝頭春意鬧。

浮生長恨歡娛少，肯愛千金輕一笑。為君持酒勸斜陽，且向花間留晚照。

〈玉樓春〉所傳達的時代性，就是北宋開國時人們心裡的一種喜悅。「東城漸覺風光好」，春天到了，沒有政治的壓迫，沒有經濟的窘困，沒有戰爭的威脅，大家出來玩，很開心。這個詞牌的音樂是愉快的，大概就是出去郊遊時會唱的那種歌曲。

「縠皺波紋迎客棹」，水的波紋像縐紗的皺紋似的，宋朝常常用這個比喻，如果大家看過宋畫裡畫水的方法，就可以了解。那是一種在風平浪靜、陽光亮麗的時候波光粼粼的感覺。如果有風浪起伏，線條就不會是這樣的畫法了。大概在最平靜的春天，陽光又非常透明的狀況下，才會出現這種非常細的水紋。「棹」是撐船的工具，有客船來了。

宋朝有一種很特殊的經驗，就是關於水的經驗——我覺得，在唐朝，對於山的認識大過對於水的認識，在繪畫裡也是如此。宋朝開始慢慢去尋找對水的認識，當然有一部分原因是宋朝的都城都和水有很大關係。汴河是北宋很重要的一條河，南方的物資由此運進來。我們在看《清明上河圖》的時候，能夠看到河流上的船隻來往非常頻繁。這條重要的河流構成了城市的景觀。

在十二世紀，全世界大概沒有一個城市比汴京（今開封）更繁華。一個城市可以有那麼多商店，有那麼多人在街上遊玩，有那麼多貨物的運輸，有那麼多貴族的管絃在吹奏。

很多人研究中國的城市發展史，第一個講到的城市就是汴京。難道漢唐的長安不繁華嗎？當然也很繁華，可是北宋的汴京不僅繁華，更重要的是它具備了近代商業城市的基本規模。它是最早把住宅區、商業區、遊樂區分開的城市。以城市規劃來講，一個城市不發展到一定程度，不會有這樣的分別。

此外，宋代真正達到了經濟繁榮和貿易頻繁的狀態，特別是貿易。這樣的情況對於宋朝發展出安定的城市文化是一個非常重要的基礎。人在戰爭的威脅下很難累積繁華，政治的安定加上貿易的頻繁，使宋朝真正進入了繁榮。人們對於物質，對於自己所擁有的繁華，有一種安定感。

我不知道大家會不會覺得，親近水的心情和親近山的心情是非常不一樣的：水比較柔軟，比較溫和，比較順從，也比較沉靜和反省；山則比較穩定、雄壯、大氣。兩者帶出了兩種不同的美學經驗，尤其是到南宋以後，因為定都在杭州（時稱臨安），所以關於水的經驗更為豐富。宋詞當中描述水的內容很多，比如歐陽脩曾任官揚州，蘇東坡有很多時間在杭州，他們都有對於水的觀照和體驗。

宋朝有很多水上活動，比如「爭標」，《金明池爭標圖》描繪的就是這個場景，有很多船參與，有一點像龍舟競渡。「標」是由政府或者皇帝設的，大家去搶，搶到以後會有很大的賞賜。節慶的時候，湖面上會有這樣的活動，宋朝官員、文人也會參與其中，陪著皇帝觀賞爭標。爭標後皇帝賜宴，大家當場寫詩。宋祁的〈玉樓春〉就被認為是他在觀看爭標以後的宴會裡陪侍時寫的。

「綠楊煙外曉寒輕，紅杏枝頭春意鬧」，王國維曾經說過，一個「鬧」字出來，整個境界就不一樣了。一個詞人要描寫紅杏開到繁盛至極的景象，一定要有自己的表現手法，他用一個「鬧」字收尾，視覺、聽覺、嗅覺全部出來了。

填詞是一個字一個字鑲嵌進去，和寫詩時在思維邏輯下產生的文字和句型是不太一樣的。如果我們今天已經有一個曲調，要把詞填進去，而且平仄都是固定的，那我們對每一個字的分量都會仔細斟酌，這個時候創作者除了要思考整個句子的狀況，還要思考每個字本身的特異性。宋詞開發出了字本身的獨立特性，我講的是「字」，而不是「辭彙」，唐詩裡面常常表現的是辭彙的美，很少看到一個字本身有很大的特殊力量。

當然，大家也許聽過「僧推月下門」、「僧敲月下門」的例子，那是對於字的斟酌，大多是在動詞上斟酌，而宋詞中對於字的斟酌更多、更明顯。當我們看到「紅杏枝頭春意」的時候，還沒有什麼感覺，可是這個「鬧」字一出來，整個畫面全部被統接在一起。王國維的《人間詞話》常常會提醒我們，在讀詞的時候要注意某些字。又比如接下來這句「綠楊煙外曉寒輕」，講楊柳在春天如煙霧般瀰漫，清晨的寒氣輕微。「輕」變成了很特殊的生命體驗，既是客觀的，也是主觀的。「鬧」字也是如此，既講客觀，也講主觀。讀完這兩句話以後，我們會覺得「曉寒輕」和「春意鬧」好像在講自然，可是實際上也是在講生命本身。我們自己的生命中也有「鬧」，青春繁華的感受就是「鬧」，和「輕」字形成對比。

「浮生長恨歡娛少」，這裡也是宋詞對五代詞非常明顯的延續。李後主後來的句子也總是有「浮生長恨歡娛少」的情緒。創作本身有時是對歡娛的反省，「浮生長恨歡娛少」其實不是感傷，而是從另外的角度對生命經驗進行尋找——他要求自己在沉靜的狀況裡重新去思考歡娛這回事。

「肯愛千金輕一笑」，大家會不會想到李白的句子？比如「黃金白璧買歌笑」。他總是覺得，最珍貴的物質其實是用來「買」生命裡最美好的一剎那的。可是在宋祁這裡，「肯愛千金輕一笑」變成了一種質問：在現實當中，由於我們對物質的計較，是不是忽略了生命裡最可珍惜的某種深情呢？「一笑」其實就是一種深情，是生命裡的所愛。每個人能夠為之一笑的東西，我相信都不一樣，我們應該為它執著。唐詩的澎湃激情到這裡，慢慢轉變為追求個人生命中短暫的、剎那間的深情，變成了「肯愛千金輕一笑」。

「為君持酒勸斜陽，且向花間留晚照」，對宋祁來講，「肯愛千金輕一笑」的東西，大概就是結尾這兩句。其實生命是有對象性的，因為這個對象，生命會產生不同的意義。比如我們前面介紹過的「記得綠羅裙，處處憐芳草」，「綠羅裙」是存在過的，但現在可能已經不在了，於是我們開始擴大記憶中的經驗，開始「處處憐芳草」。「為君持酒勸斜陽」是一個特定經驗，「且向花間留晚照」是在和夕陽對話，我們前面講過和燕子對話，現在又是和夕陽對話。對夕陽說，對夏天最後的晚霞說：「可不可以在花間再多留一下？」宋詞中有很多在花間的尋找，在花的盛開中尋找生命的體驗，思考如何讓美好的體驗延續。可是又有感傷，因為「晚照」是已經要入夜的落日了。但「晚照」和「花間」結合在一起，又是一個最華麗的狀態。〈玉樓春〉體現了宋代開國以後的某種從容。

〈玉樓春〉的句子全部是七言，但是既不講究絕對對仗，也不講究敘事，每個字都有很高的獨立性，都可以跳出來以獨立的狀態發展。〈玉樓春〉的聲調也比較平緩，很少有高亢或者低沉的大變化，哀愁和喜悅都不是特別有起伏的，只在最後留下一個淡淡的「且向花間留晚照」的願望，好像變成一種對生命的美好祝福。這個美好勢必要結束，在結束以前，至少能夠和繁華在一起，能夠有一種深情的珍惜。「且向花間留晚照」，如果把這樣的句子送給朋友，我想其實是一種對生命的祝願，它絕不是在講某一天的晚霞，而是說，在生命結束以前要珍惜自己。

谿山行旅圖

國立故宮博物院藏品

第三講

范仲淹、晏殊、晏幾道、歐陽脩

知識分子的「分裂」個性

看似對立的個性其實可以和解，如果實現了和解，這種分裂反而是一種完美

范仲淹是一個政治家，所以他的發之為文不是為了狹義的文學。我自己一直不採取狹義的「文學」定義，而採取廣義的，一個人對於生命的感慨和意見，都可以是文學的狀態。

范仲淹所處的時代和宋祁大體相當，但他承擔著守衛邊關的重任，所以他的生命情調和宋祁是不一樣的。在他的詞當中，有著宋代開國詞人中少有的蒼茫之感，這和他的身分有關，也和他身在陝西有關，北方的西夏和遼隨時可能進攻宋朝。他的〈漁家傲〉裡面多是比較高亢的聲音。「漁家傲」彷彿是民間漁家傳出的聲音，可是有個「傲」字在裡面，構成一種高亢的感覺。這個詞牌和〈滿江紅〉有一點相似，是比較悲壯的。

雖然北宋詞是以宋祁、歐陽脩這一派為代表，可是應該給范仲淹一個特殊的定位，從他身上可以看到宋代在從容之外的焦慮感。他的〈岳陽樓記〉裡就有一種政治上的焦慮感和某一種祝福的意義。宋代知識分子身上所兼有的養分非常豐厚，在不同的環

境下能夠扮演政治家、詩人、評論家等多重角色。

我們在讀〈漁家傲〉的時候，可以看到范仲淹出入於不同的狀態之間，他要寫出一個邊防司令帶領軍隊的悲壯和勤奮，同時又要寫戍邊的辛苦，要用一個司令的心情去感同身受邊疆士兵常年回不了家的辛苦。這個時候，我們會看到他兩種身分的對比關係。

塞下秋來風景異，衡陽雁去無留意。四面邊聲連角起，千嶂裡，長煙落日孤城閉。
濁酒一杯家萬里，燕然未勒歸無計。羌管悠悠霜滿地，人不寐，將軍白髮征夫淚。

「塞下秋來風景異」一句非常像唐代的邊塞詩。范仲淹是宋代少數到過邊塞的文人之一，風景肅殺的感覺出來了。「衡陽雁去無留意」，衡陽在湖南，秋天來了，大雁往南往衡陽那邊飛，它不想留下來了；而將士們大概是中原來的，到了陝西，到了邊疆，感覺到秋天來了，連鳥都回家了，可是自己卻回不了家，這裡是在講鄉愁。「四面邊聲連角起」，「四面邊聲」是在講胡人的隊伍，胡人吹起一種用動物的角做的樂器，聲音非常高亢、悲涼，令人有一點感傷。「千嶂裡，長煙落日孤城閉」，秦嶺山巒阻隔，「長煙」、「落日」、「孤城」三個意象有一種類似「西風殘照，漢家陵闋」的肅殺與荒涼。當時他守在被西夏包圍的一座孤城裡，情勢非常危險。

下闋中，范仲淹非常明顯的文人氣質出來了。我們很少在一個政治家身上看到這種情感：「濁酒一杯家萬里」，做為一個邊關司令，這個時候他卻喝著一杯濁酒，心裡是說不盡的感傷，有淒涼，又有雄壯，完全是從他的身分裡面流露出來的情感。「燕然未勒歸無計」，這裡他用了一個漢朝的典故。漢和帝派人討伐匈奴，一直打到燕然山，當時的大將與匈奴刻石為界。而現在范仲淹也覺得他身負國家的使命，一定要在完成這件使命以後才能夠談自己回家這件事。「燕然未勒」是說他還沒有完成任務。

「羌管悠悠霜滿地」，羌管吹奏出悲涼的聲音，秋天已經飄霜了。「人不寐，將軍白髮征夫淚」，「將軍」、「白髮」、「征夫」同「長煙」、「落日」、「孤城」一樣，都是三個意象，一個用「淚」結尾，一個用「閉」結尾，寫出了在極大孤獨感裡的一種憂傷。前面我們講到宋詞裡單字的獨立性非常強，「閉」字是把長煙、落日、孤城三個意象聯結起來了，「淚」字又是怎樣把將軍、白髮、征夫三個意象聯結起來？自己已經是一個老將軍，頭髮都白了，跟他一起來的那些被徵發的兵士也都老了，可是邊功未成，還沒有勒石燕然，悲哀的心情以「淚」來做總結。

北宋開國，范仲淹代表了一種試圖恢復大唐氣象的願望，可是這在當時並不是主流。宋朝本身並沒有特別去發展邊功的意圖，它似乎希望發展文人政治。在〈蘇幕遮〉裡，范仲淹變成一個多情男子，完全不像一個將軍，也不像一個政治家。

碧雲天，黃葉地，秋色連波，波上寒煙翠。山映斜陽天接水，芳草無情，更在斜陽外。

黯鄉魂，追旅思，夜夜除非，好夢留人睡。明月樓高休獨倚，酒入愁腸，化作相思淚。

「碧雲天」三個字曾被小說家瓊瑤拿去做書名。「山映斜陽天接水，芳草無情，更在斜陽外」，這樣的文字非常像山水畫。斜陽是一種時間上的無情與哀傷，我們沒有辦法在花間留下晚照；可是芳草也是無情的，它在斜陽之外的無限空間裡。所以，時間的無限性是人的第一個感傷，空間的無限性是人的第二個感傷。這裡是講思念在時間上與空間上的不可及，這是人類最深的兩個感傷，也就是時間和空間的無限性。

「黯鄉魂，追旅思，夜夜除非，好夢留人睡」，這句完全像口語，它是歌詞，歌靠聽覺傳達，不能用太過艱深的典故和辭彙。「夜夜除非，好夢留人睡」，幾乎沒有人不懂。「明月樓高休獨倚，酒入愁腸，化作相思淚」，這種對於離家的情感，或者說思念自己親密的人的情感，非常通俗，好像到今天還是流行通俗歌曲的基本情感。

我之所以把〈蘇幕遮〉和〈漁家傲〉放在一起講，是希望大家看到宋代知識分子的「分裂」個性。范仲淹做為將領的角色與他做為一個柔軟多情的男子的角色，竟然是如此不同，但是又可以合在一起。看似對立的個性其實可以和解，如果實現了和解，這種分裂反而是一種完美。

下面我們講到歐陽脩、蘇軾、柳永時，更可以看到這種多重性。尤其是蘇軾，他身上有著佛教、儒家、道家的特質，是政治家，又是一個多情男子。不過這些在他身上並不矛盾，他可以變來變去：上朝時和王安石爭辯新法得失，下朝之後就跟他下棋，還誇讚王荊公的詩。這當然是「分裂」的，可是這種「分裂」反映出他看到了人的多重性，也尊重人的多重性；他看到了生命的豐富，也就不去阻礙生命裡面任何特異性的發展。人看不見自己的「分裂」，常限於固執，人看不見他人的「分裂」，也不會對人性包容。

享受生活中的平凡和寧靜

我們的生命並不是每分每秒都具有重大意義，有些時候是屬於靜下來的時刻，可以休閒的時刻

在范仲淹之後，大概到宋仁宗時期，北宋政治開始穩定下來，它的文化特質也在文學創作裡表現得非常直接。下面會為大家介紹晏殊的四首詞，以及晏幾道和歐陽脩的作品。

我們先來看晏殊的〈踏莎行〉。

小徑紅稀，芳郊綠遍。高臺樹色陰陰見。春風不解禁楊花，濛濛亂撲行人面。
翠葉藏鶯，珠簾隔燕。爐香靜逐游絲轉。一場愁夢酒醒時，斜陽卻照深深院。

「爐香靜逐游絲轉」，香爐裡燃一點檀香末或者沉香末，然後香爐上面的孔會冒出細細的煙來，這就是「爐香」。「靜逐」是說因為非常安靜，也沒有風吹，所以煙慢慢地繞，如一道游絲般在轉。這個場面，這個過程，很可能是詩人坐在書房裡面對著香爐觀察到的。宋代文人開始會有一種靜下來的心情，去靜觀一些在唐代不太容易被看到的事物。

唐代許多作品經常在描述大的景象，或者生命中必須有目的性的事件；可是到宋代以後，因為政治的相對安定和經濟上的繁榮，使得人們可以很安靜地去看一些幾乎是無謂的小事件。我們會發現「爐香靜逐游絲轉」好像是一個沒有目的性的描述，它在整個人生的意義上，不代表任何東西。可是所有的無謂和無聊，在生命裡面又占據了滿重要的時間。我們的生命並不是每分每秒都具有重大意義，有些時候是屬於靜下來的時刻，可以休閒的時刻。

從「小徑紅稀」開始，作者描述了一個人走在落花稀疏的小路上，在郊外遊玩時看到綠色的樹，再進一步用「高臺樹色陰陰見」去形容人在樹底下看到的樹蔭所構成的光影層次。「翠葉藏鶯」就是在翠綠色的葉子裡面藏著春天的黃鶯鳥。我們在台北故宮的一幅宋畫裡可以看到，一道珠簾，外面有燕子飛過來，這就是「珠簾隔燕」。過去的文人有時候在比較接近軒或者廊的地方讀書，會有鳥飛進飛出，他就用珠簾擋住，讓光線沒有那麼明亮，同時也讓禽鳥或昆蟲不容易進入這個空間。這種隔簾的經驗變成了一種很特殊的生活空間裡的美學形式：室內與室外的空間沒有絕對的隔斷，而是形成一種通透的感覺，人與自然之間可以有「隔」，可是這個「隔」又是可以連接的。

到「爐香靜逐游絲轉」的時候，我們會發現作者在追求一個完全靜下來的心境和畫面。它和五代詞最大的不同在於，所謂的「愁」稍微少了一點點，雖然後面還是要講到，可是不太像花間詞有那麼多哀傷和惆悵。它會描述生活中一些微不足道的東西，那些過去在唐代不太會拿來做為創作題材的內容，會被刻意地描述。

所謂「一場愁夢酒醒時」，是說在喝酒睡著以後醒過來，不只是身體的甦醒，同時也是心靈上的甦醒。「斜陽卻照深深院」，感覺到斜陽在移動，時光在慢慢消逝。這種描述和《花間集》或者南唐詞句裡直接的感傷不太一樣，它只是一種觀察，比如說斜陽慢慢消失的感覺；而且作者不用很重的句子，只用「深深院」這樣的表達——本來是照在他身上的陽光，此時在慢慢退後。

北宋詞最精采的部分在於它對意象的掌握。這些意象經常是非常平淡的，裡面沒有大事件，不過就是愁、醒、夢這些小小的生活體驗，加入一些自己身邊最具體的景象。我們可以用什麼樣的方法，去描繪自己生活裡面最安靜的空間和狀態呢？如果不選擇李白「西風殘照，漢家陵闕」的大氣魄，而是希望創作保有宋詞的某一種安靜，那我們今天生活的安靜又在哪裡？我們這個時代的文學之美會在哪裡？

我們講生活美學，是說由生活中昇華出的一個特殊景象。把牛奶倒進咖啡，然後拿著小調羹去攪，這樣的場景可能就是一個現代詩的畫面；牛奶與咖啡融合的場面，其實和「爐香靜逐游絲轉」是同樣的東西。「爐香靜逐游絲轉」是非常小的一個事件，但是它可以入詩，那我們今天要從哪裡去尋找入詩的生活細節呢？我想這個部分其實是我們在讀晏殊詞的時候要思考的。因為儘管晏殊做到了很大的官，而且影響了一代的文人，可是在他的詞句當中，我們會感覺到他沒有像范仲淹的〈漁家傲〉那樣很大氣魄的東西，反而回到了平凡的生活本身。

超越感傷和喜悅

當一切向外征服的野心都揮灑完畢，回來安分做人，成為他們真正的追求

我為大家選出來的四首晏殊的詞，可能都非常平淡，是一般人會有的生活細節，比如下面這首〈撼庭秋〉。

別來音信千里，恨此情難寄。碧紗秋月，梧桐夜雨，幾回無寐！

樓高目斷，天遙雲黯，只堪憔悴。念蘭堂紅燭，心長焰短，向人垂淚。

上闋大概是講一個失眠的經驗吧，朋友離開以後，連讓對方知道自己情感的機會都不多。「碧紗」也就是淡綠色的紗，垂下來，它和珠簾非常相似，都是宋代生活裡為了不讓鳥蟲隨便跑進來而設的。台北故宮的宋代文物展中，有一張描繪宋代文人生活的畫，可以看到他們怎樣用屏風、簾、紗來處理生活空間。現代生活中分隔我們空間的大概只有牆，可是牆分隔出的其實是一個滿僵硬的空間，而簾、屏、紗的「隔」，則在生活空間裡形成一個有趣的關係。現在日本的居住空間裡還常常用到屏、簾這些東西。

紗和簾既是隔斷，可是又通透。隔著簾和紗的光線是非常特殊的，「碧紗秋月」是說人在室內，可是透過綠色的紗帳，他可以看到外面秋夜的月亮。「碧紗」和上一首詞提到的「珠簾」，其實都在營造一種視覺上迷離的效果。「梧桐夜雨」是在講夜晚的雨水打在梧桐葉上產生的聲音效果。「碧紗秋月」是一種光線，「梧桐夜雨」是一種聽覺，作者視覺的經驗和聽覺的經驗組合成為詞的美學記憶，然後落到「幾回無寐」。一個夜晚常常失眠的孤獨的人，才會看到「碧紗秋月」，聽到「梧桐夜雨」。

我不知道大家會不會問：他這個時候感傷嗎？可是恐怕也有另外一種情況，那就是喜悅：在失眠的夜晚，看到了戶外的月光。生命裡面的喜悅和感傷都在一起的時候，可能它會形成另外一個超越感傷和喜悅的心境，我覺得這種心境比較接近宋詞真正想要追求的東西。

「樓高目斷，天遙雲黯，只堪憔悴。念蘭堂紅燭，心長焰短，向人垂淚。」我們在讀「心長焰短」四個字的時候，也許很容易就錯過了。它好像只是在描寫一個人看蠟燭的情景，而這個蠟燭不過是唐代曾被李商隱描述過的「蠟炬成灰淚始乾」的蠟燭。可是晏殊對蠟燭的感受是不同的。燭芯還很長的時候，火焰已經愈來愈短，因為蠟燭快要燒完了。張愛玲說她最喜歡這四個字，她覺得「心長焰短」是一種生命狀態，它不是在講蠟燭，而是在講一種極大的熱情已經燃燒得要到最後了，內在的激情還那麼多，可是物質能夠提供燃燒的可能性已經那麼少了。這四個字講出了人生中某一種熱情將要成為灰燼、將要結束的狀況。「向人垂淚」當然是在延續唐詩中蠟炬流淚的意象。

前面介紹的晏殊的兩首作品中，很明顯都沒有大事件，沒有大野心，都是在安靜地描述生活周邊的事物。在宗教方面，唐代的佛教追求菩薩的莊嚴與華麗，可是宋代的羅漢就變成了平民化的形象。比如濟公，修行原本就是生活裡的一部分，他不會刻意地把自己提高到佛或菩薩的偉大。我們不會覺得羅漢偉大，而是覺得他親切、可愛。由此我們可以看到，宋代的宗教、文學藝術都在往世俗生活走，當一切向外征服的野心都揮灑完畢，回來安分做人，成為他們真正的追求。

昨夜西風凋碧樹，獨上高樓，望盡天涯路

活在繁華當中時，其實很難對生命有所領悟，對生命的領悟常常開始於繁華下落的那個時刻

下面我們看晏殊的一首〈蝶戀花〉。

檻菊愁煙蘭泣露，羅幕輕寒，燕子雙飛去。明月不諳離恨苦，斜光到曉穿朱戶。
昨夜西風凋碧樹，獨上高樓，望盡天涯路。欲寄彩箋無尺素，山長水闊知何處！

這首詞的作者一直有爭議，尤其是下闋的「昨夜西風凋碧樹」，很多人認為是馮延巳寫的，到現在都沒有定論。

「檻菊愁煙蘭泣露，羅幕輕寒」，注意前面講的珠簾、碧紗，現在講到的羅幕，我們能夠從宋詞中感受到宋代的生活空間非常有趣，不是一堵牆，而是一種轉換空間。

王國維在《人間詞話》中選了三句宋詞，來說明人生三個不同的境界，第一個境界就是「昨夜西風凋碧樹，獨上高樓，望盡天涯路」。從現實上來說，「昨夜西風凋碧

樹」就是昨天晚上因為一陣西風吹起，綠色的樹葉紛紛掉落，繁密的遮掩不見了，所以「獨上高樓」後可以「望盡天涯路」，可以看到很遙遠的路。對於創作者來講，這個句子只是一個畫面，可是王國維將它引申為人生的第一個境界。活在繁華當中時，其實很難對生命有所領悟，對生命的領悟常常開始於繁華下落的那個時刻，就是我們曾經講過的「頹廢」。這個「頹廢」不是世俗所講的頹廢，而是有很高的反省和自我沉澱的意義在裡面。例如，我們留戀春天和夏天，是因為春天和夏天要過去了。「昨夜西風凋碧樹」，葉子落下了，我們才開始有感悟，才對生命有眷戀和珍惜。

王國維認為人生的第二個境界是「衣帶漸寬終不悔，為伊消得人憔悴」。我們必須癡情，必須像柳永講的「衣帶漸寬」，身體愈來愈瘦，卻一點都不後悔。「為伊」是為一個人，為一個物件；「消得人憔悴」，這是癡情。第二個境界是一個癡迷、執迷的過程，這個過程大概是最長久的，也是最痛苦的。第一個境界是「看山是山，看水是水」，第二個境界是「看山不是山，看水不是水」，這時候非常難堪，也非常分裂。有人過不了這一關，達不到第三個境界。

王國維認為人生的第三個境界是「眾裡尋他千百度，驀然回首，那人卻在燈火闌珊處」。我們幾乎要放棄了，可是「驀然回首」，他其實就在那裡。要找的人或物一直在那兒卻看不到，是因為我們太執著了，所以又回到「看山還是山，看水還是水」，它並沒有變。

我很推崇王國維的《人間詞話》，因為在談詞之外，也借助詞談了生命中非常複雜、豐富的內容和過程。我希望大家在讀像晏殊這一類詞的時候，能夠了解到它不僅是對客觀景象的描述，更是對心境的處理。王國維的「三境界說」還有一個意思：晏殊是北宋詞最早的領悟，接下來必須要經過柳永的「衣帶漸寬終不悔，為伊消得人憔悴」，再到辛棄疾的「眾裡尋他千百度，驀然回首，那人卻在燈火闌珊處」。

這三個境界之間並不存在誰比誰高明的問題，每個境界都必須是自我完成的，但是要想自我完成或達到第三個境界，感悟的開始是非常重要的，這就是我選講晏殊詞的原因：他是北宋詞感悟的起點。特別是他儘管榮華富貴一生，卻可以用一種很平淡的方式寫自己生命中現實的東西。

「欲寄彩箋無尺素，山長水闊知何處！」收尾收得很通俗，是我們很熟悉的東西。我要寫信給一個人，可是沒有一尺的素——「素」就是沒有染色的絲帛，要寫信連信紙都沒有。進一步的，這麼遠的路，這封信到底要怎麼傳達。晏殊的詞裡常常表達一種想要傳達的情感，而這個情感卻無從傳達。「無從傳達」和「山長水闊」並不見得有直接的關係，而是表現了一種落寞感，對於在人生裡尋找知己感覺到茫然。光有榮華富貴而沒有落寞之感其實是庸俗的，最精采的貴族常常帶有一種奇怪不可解的感傷和落寞。

感傷與溫暖並存

生命並沒有因為前面的「無可奈何」而掉到沮喪和絕望當中，「似曾相識」挽回了對生命裡的冀望的熟悉感

下面這首〈浣溪沙〉是晏殊最具代表性的作品。

一曲新詞酒一杯，去年天氣舊亭臺。夕陽西下幾時回？
無可奈何花落去，似曾相識燕歸來。小園香徑獨徘徊。

「一曲新詞酒一杯」，作者一面填詞，一面喝酒。「去年天氣舊亭臺」，想到去年同樣的天氣，也是在這個地方。前面一句和後面一句可以是各自獨立的，這是詞句的獨立性。「夕陽西下幾時回」，看到太陽愈來愈往下沉落，已經到了黃昏時分，什麼時候夕陽會再回來呢？三句之間沒有絕對的關係，只有歌詞會有這種非常奇特的意象連接，透過聲音把它們連接在一起。

「無可奈何花落去，似曾相識燕歸來。」感覺花凋落了——加入了個人的主觀意念，花要掉落是無法挽回的事情，是生命裡哀愁和感傷的基礎，可是好像又為自己找回一個生命的希望，那就是「似曾相識燕歸來」。那隻回來的燕子，大概是去年春天認識過的。一方面是消失的感傷，一方面變成找回的喜悅，二者同時存在，感傷與溫暖並存。

我覺得這是北宋詞裡面最美的句子，而這樣的句子當然不只是在講花的凋零和燕子的歸來，其實是在講生命裡兩個不同的狀態，缺少其中任何一個都不完全。

大家可以把「花落去」、「燕歸來」同上面抽象性的「無可奈何」、「似曾相識」一起來看，完全是生命的昇華的討論。這就是文學的力量，從一個很平淡的對生活事件的描述慢慢擴大，變成真正觸碰生命的東西。每次讀到這兩句的時候我還是會被震撼，這種震撼會喚起我自己生命裡很多的經驗和狀態。我們會覺得自己永遠活在「無可奈何」和「似曾相識」之間：有很多無奈，比如親人的去世、朋友的告別，以及青春的消逝；同時又有「似曾相識」的新事物在湧現，因為它還是在迴圈。生命並沒有因為前面的「無可奈何」而掉到沮喪和絕望當中，「似曾相識」挽回了對生命裡的冀望的熟悉感，我稱它為一種「體溫」。「似曾相識燕歸來」是一種體溫，使我們感覺到所接觸的「新事物」和「新生命」不是第一次認識的。

「無可奈何花落去，似曾相識燕歸來」的內涵就是要看到生命的起落和迴圈，是幻滅，也是歡欣。潮來潮去、月圓月缺、花開花謝，全部是事物的兩面性，這種兩面性使晏殊在「小園香徑獨徘徊」的時候，產生了對生命的領悟。

落花人獨立，微雨燕雙飛

我們都在透過各種方法試圖了解生命的神祕性，可是我們又始終對這種神祕性無法完全掌握

接著我們講晏幾道。基本上，他延續了晏殊的風格，但是比晏殊更婉轉，更深情。接下來這幾首晏幾道的詞，很明顯都是在和女孩子對話。下面這首〈臨江仙〉裡，更可以感受到作者的直接。

夢後樓臺高鎖，酒醒簾幕低垂。去年春恨卻來時。落花人獨立，微雨燕雙飛。
記得小蘋初見，兩重心字羅衣。琵琶絃上說相思。當時明月在，曾照彩雲歸。

「落花人獨立，微雨燕雙飛」，完全是典型的意象，沒有任何對心情的描述，就是花在落，人站在花下，天上飄著微微的雨，一對燕子飛過去。這裡面講的，可能是感傷，可能是落寞，可能是對生命的領悟，它變成了一個可以有無數種解讀的句子。

我們都在透過各種方法試圖了解生命的神祕性，不管是星座，還是手相，可是我們又始終對這種神祕性無法完全掌握。詩本身也在可解與不可解之間，可解的時候是因為我們把生命投射進去了，不可解可能是因為冥頑不靈，因為我們始終不願意去解讀生命的本質現象。所以不一定是不懂，而是有時候我們拒絕懂。

在不同的生命狀況裡會對詩詞有不同的領悟。所謂「詩無達詁」，每個人解讀「落花人獨立」和「微雨燕雙飛」的時候，都會有不同的詮釋，所有的固定答案都是對詩的扼殺和傷害。應該給詩最大的釋放空間，意象被丟出來以後，我們的生命經驗會和它發生永遠不停止的、不定型的互動關係，或者說對話關係。

「記得小蘋初見」，「小蘋」是一個歌妓的名字，晏幾道直接把自己所愛戀的女子的名字放進去了，有沒有發現口語化和生活化？「初見」的感覺，是一個創作者對自己生命中情感萌芽的永遠不停的回憶，有點像前面講過的「記得綠羅裙」。生命中的記憶看我們自己願不願意記得，可以永遠記得的事其實也不是很多，所以「記得小蘋初見」反映出創作者對她是多麼的珍惜、多麼的眷戀。

五代詞像是一直在鏡子裡看自己；可是北宋詞會把自己的某一種眷戀及其對象擴大出來，頹廢感比五代要少一點點。「兩重心字羅衣」又是一個意象，作者記得小蘋身上穿的衣服是繡有雙重心字的圖案，很像「記得綠羅裙」。這些細節在宋詞裡變得非常重要。

「羅」是一種透明度高、經緯疏落的絲織品，有一點像紗，夏天穿起來非常涼快。唐代周昉的《簪花仕女圖》上，仕女們穿的就是羅衣。「兩重心字羅衣」，一方面是講衣服，同時又在講兩個人之間的情感關係，雙關語在這裡出現了。

「琵琶絃上說相思」，歌聲裡全部在講彼此之間的思念。「當時明月在，曾照彩雲歸」，記得那天晚上月亮那麼亮，照著小蘋的身形，如彩雲般歸去。在北宋前期，晏殊和晏幾道的詞作將五代的無力感拿掉了一點。我們讀宋祁的〈玉樓春〉，再讀晏殊和晏幾道的作品，會感覺到後者有對生命中喜悅的描述。不管晏幾道以後多麼「去年春恨卻來時」，當他記起那個晚上的小蘋，他的生命曾經是喜悅的，他也把那飽滿的喜悅做為自己一生重要的記憶，當然這是非常私人化的。

我們往往不能在自己的生命裡去發展一些真性情的東西，有時候我們會很害怕，所以總是寫一些很偉大的題目，然而偉大的題目有時候會傷害私情，讓我們愈來愈不知道自己內在的世界究竟是什麼樣。

中國文學中的夜晚經驗

他們從政治、社會退回到自我的世界裡，完成對於自我的尋找

〈蝶戀花〉是五代到北宋詞人經常用到的一個詞牌，它是當時最美的流行歌曲曲調。〈蝶戀花〉本身是講深情的，甚至有欲望在裡面，晏幾道、歐陽脩、蘇東坡等人都寫過，大家可以把它當成一個美學形式來看。

醉別西樓醒不記，春夢秋雲，聚散真容易。斜月半窗還少睡，畫屏閑展吳山翠。

衣上酒痕詩裡字，點點行行，總是淒涼意。紅燭自憐無好計，夜寒空替人垂淚。

一個文人在回憶自己曾經喝醉酒，於西樓和朋友告別，或者是和愛人告別，他寧願一直睡下去而不願醒來，因為醒過來就會回憶起這件事。經過了季節的轉換，人們時聚時散，卻根本沒有辦法把握聚散。「斜月半窗還少睡」，一個半夜失眠的人，透過窗戶看月亮。「畫屏閑展吳山翠」，台北故宮的文物展裡有一個文人的客廳，它後面的床上就放了一個畫著山水的屏風。這個畫屏本身是空間裡的一個狀態，人躺在床上看書、睡覺的時候，旁邊就是一個屏風。希望大家能了解宋代文人日常生活中的這種空間設計，以及家具的使用狀況。

「衣上酒痕詩裡字」，晏幾道和朋友告別時，吃飯、喝酒，酒滴到了衣服上，但不容易被發現，乾了以後往往也看不出來。可是滴上的酒會滲透，「酒痕」其實是一種記憶，也寄託了一種深情。「詩裡字」是一種形式，可是作者覺得真正感動人的是「衣上酒痕」，因為那裡面融入了情感。這裡把詩、淚、酒等意象結合在一起。「點點行行，總是淒涼意」，「點點行行」可能是在講酒痕，也可能是在講詩裡的字，這裡又變成雙關了。無論如何，都是在講生命中一種淒涼的狀態。

「紅燭自憐無好計，夜寒空替人垂淚」，又回到紅燭的意象，回到了夜晚的經驗。我一直覺得，其實可以就中國文學裡的夜晚經驗寫一篇很有趣的論文。尤其對男性來講，白天他扮演了一個社會角色，只有夜晚會找回自己。我們透過「碧雲天，黃葉地」，才知道范仲淹做為一個邊關司令也會有那麼柔軟的部分。如果沒有這個文學世界，我們也看不到中國男性創作者的兩面，即他做為一個社會人的角色和他回來做自己的雙重性。

白天的時候，文人們大概都在上朝吵架，可是到了夜晚時分，他會有紅燭，會有碧紗秋月，會聽到梧桐葉上的雨聲。這個夜晚經驗是他非常重要的內省經驗，也是北宋文人的詞的經驗。我們為什麼會覺得宋代的文學很好？其實這些人都不是專業文人，嚴格講起來他們都是在朝為官的人，只是他們從政治、社會退回到自我的世界裡，完成對於自我的尋找，這個時候它會很感人。

庭院深深深幾許

可從中看到生命的本相：花是會凋零的，春天是會過完的

歐陽脩是「唐宋八大家」之一，歷代也一直認為他開創了宋代的文風，蘇軾等人都是他選拔出來的。他當時非常強調文學的平實性，要擺脫南朝華麗堆砌典故以及造作

的風氣，恢復文學的自然。

當然，韓愈和柳宗元在唐朝時已經提倡過這樣的風氣了，可是在「唐宋八大家」當中，韓、柳還是有很大的「文以載道」的使命感。而歐陽脩之所以能夠開啟宋朝一代文風，是因為他覺得「文以載道」的意義可以擴大到平實，不見得一定要談「師說」、談「解惑」才是「文以載道」。讀柳宗元的〈捕蛇者說〉、〈種樹郭橐駝傳〉，會發現他都不是在講山水或者樹木，他是在講政治，政治的導向還是太強了；而歐陽脩則在文學的政治使命感之外加入對生活的使命感。

歐陽脩的〈醉翁亭記〉寫得真是漂亮，他就在那裡喝醉了，然後講自己醉的經驗。我們設想，如果「醉翁亭」蓋好，韓愈在現場的話，他大概會寫怎麼了解民間疾苦；柳宗元在場，他可能會以隱喻的方式去傳達關於生命的階級性的內容。可是歐陽脩沒有，他就是一清如水：我是一個愛喝酒的老翁，因為大家說這個亭子還沒有名字，而我在這邊喝醉了，那就叫「醉翁亭」吧。

〈醉翁亭記〉一派天真，這「天真」當然有它的時代背景。「澶淵之盟」以後有一百年的和平，所以文人們會比較從容，沒有那麼大的壓迫感，不覺得拿起筆來一定要像范仲淹一樣講「先天下之憂而憂」。歐陽脩覺得老百姓都過得滿好了，也就寫出了相對輕鬆的〈醉翁亭記〉。

大家從下面幾首歐陽脩的作品裡可以感覺到一種平實，沒有官僚氣，下筆非常輕鬆自然。下面這首歐陽脩的〈蝶戀花〉，也有人認為是馮延巳的作品。

庭院深深深幾許？楊柳堆煙，簾幕無重數。玉勒雕鞍遊冶處，樓高不見章臺路。
雨橫風狂三月暮，門掩黃昏，無計留春住。淚眼問花花不語，亂紅飛過秋千去。

「庭院深深深幾許」——瓊瑤有部小說就叫《庭院深深》，可見她有多少靈感是從宋詞裡面出來的。三個「深」字連用，以疊字的方法，把空間感推出來，感覺有一個在庭院當中深入進去的空間。如果描述西方的空間感，很難這樣連用三個「深」字，凡爾賽宮一眼就看到盡頭了；如果用「深深深」，泰半是中國的建築——一進、二進、三進……它是相互隔開的，而且中間一定有花廳、屏風遮擋，才叫作「深深深」。如果到古典園林走一下，就會了解到這些詞是在怎樣的建築文化裡出來的，它有很多柳暗花明又一村的感覺，和西方的空間感非常不同。

「楊柳堆煙，簾幕無重數」，「簾幕」就是我們剛才講的在空間感中造成「深」的意境的東西。其實空間不見得「大」，可是用簾、用幕之後，在感覺上它就會變大，因為後面似乎無盡，這是一種手法。

「玉勒雕鞍遊冶處，樓高不見章臺路」，「章臺路」本是漢代妓院所在，做為官員的歐陽脩就這樣直接寫出來了，一點都不避諱他經常去的就是這樣的地方。可是我們看到的卻並不完全是耽溺於感官的，甚至是墮落的或者鄙俗的描述，相反，會看到他生命經驗的提高。

「雨橫風狂三月暮」，三月的春天，正是天氣變化的時候。「門掩黃昏，無計留春住」，黃昏的時候把門關起來，可是無論怎麼關著門，怎麼不忍心去看外面的百草千花，還是留不住春天，這是對時間的感傷。「淚眼問花花不語」，這裡面又產生了一個和「無可奈何花落去」相似的感情延續，可是「無可奈何花落去」比較平淡，而「淚眼問花花不語」很深情。含著眼淚去問花，可是花也沒有回答，最後的結論是「亂紅飛過秋千去」，那些隨風飄散的落花翻過高高的鞦韆架飛走了。

我們可以大體看到北宋這一代知識分子內心保留著的幻滅情緒。我不覺得這幻滅有什麼不好，有權力和財富的人少掉這個部分會是粗鄙不堪的。正是在權力和財富當中，他感覺到生命本質的無常，他才會有寬容。我不認為讀這樣的作品會使人消極、悲觀，反而可從中看到生命的本相：花是會凋零的，春天是會過完的。在了解這個本相以後，生命仍有執著，以淚眼問花，它會變成一種深情，而這大概也是宋代知識分子最迷人的部分。

白髮戴花君莫笑

他可以自在到彷彿不是一個官員，而只是一個對生命充滿喜悅的人

我們再看歐陽脩流傳很廣的一首〈浣溪沙〉。他曾經在揚州為官，這首詞中寫到了大家春天去西湖遊玩的情景。

> 堤上遊人逐畫船，拍堤春水四垂天。綠楊樓外出秋千。
> 白髮戴花君莫笑，六么催拍盞頻傳。人生何處似尊前。

上闋對三個景象的描述中，都沒有個人主觀意見，可是裡面有一種喜氣。「白髮戴花君莫笑」，歐陽脩說：「我到這個年紀了，在春天摘了花，戴在自己的白頭髮上，你不要笑我又老又癲。」這個畫面透露出宋代文人的瀟灑，他可以自在到彷彿不是一個官員，而只是一個對生命充滿喜悅的人。

「六么催拍盞頻傳」，「六么」自西域傳來，是歌曲，也是舞曲，有另外一個譯名叫作「綠腰」。《韓熙載夜宴圖》中的王屋山正在跳的舞就是「六么」。宴會當中常常唱這樣的歌，酒杯一直傳著，在誰的手上停下來就要罰酒，他們在玩酒令。這個在休閒狀態的官員，沒有擺出一副官架子，他變成一個非常可愛的老詩人，然後表達出「人生何處似尊前！」——人生什麼時候會比在喝酒時快樂呢？

這首詞同樣表現了北宋開國的那種昇平時代的喜氣。五代詞是比較感傷的，比如南唐，因為政治上的無力感，所以它的東西比較哀傷。而到了北宋，喜氣就出來了，會有很多適應節慶宴會的快樂歌曲，這首〈浣溪沙〉就是其一。

把酒祝東風，且共從容

人生的豁達與從容，大概都來自於毋須去堅持非此即彼，而是能夠優遊於生命的變化裡

下面這首〈浪淘沙〉的音節、音調非常美，大家讀的時候，可以感受一下用「中東韻」做韻腳的「風」、「容」、「東」、「叢」這幾個字。「中東韻」本身有一種共鳴感，可是又不像「江陽韻」那麼鏗鏘，常常讓人覺得裡面有一種飽滿，有一種比較喜氣的生命感覺。

把酒祝東風，且共從容，垂楊紫陌洛城東。總是當時攜手處，遊遍芳叢。
聚散苦匆匆，此恨無窮。今年花勝去年紅。可惜明年花更好，知與誰同？

「把酒祝東風，且共從容」，大家一起拿著酒，在春天吹起的東風裡。「從容」很難解釋，就是在散步，走來走去在花間玩賞。「從容」是宋代最渴望、追求的東西。那是一種自信，有了真正的自信以後，連激情都可以慢慢地細水長流了。「且共從容」一方面是在講他和他這些寫詞的朋友一起去玩，另一方面是講生命的狀態，即一個宋代文人生命中的從容經驗和雍容大度的感覺。

「……垂楊紫陌洛城東。總是當時攜手處，遊遍芳叢」，他們珍惜的是「一起去看花」這麼平凡的事情。「聚散苦匆匆，此恨無窮」，生命的聚散令人無奈，其實就是「無可奈何花落去」。「此恨」不是說生命被什麼事情激發的恨意，而是生命的無常。我們必須知道生命本質的無常，才會去珍惜生命裡無常來臨前每個片斷的美好時刻。這種感傷立刻就可以轉成喜氣——「今年花勝去年紅」，今年的花比去年還要好，「可惜明年花更好」。他怎麼知道？他當然是覺得生命應該會愈來愈好。「知與誰同？」那個時候會和誰一起去看花呢？

他的結尾非常開闊，「知與誰同」，好像有一點惋惜的意味。大概不是今年一起看花的「你」，因為「聚散苦匆匆」，所以可能是和另外一個人。但和另外一個人也沒什麼不好，因為不同的只是生命體驗；我們可以和不同的人去感受生命的美好，不見得非要執著於原來的經驗。

我覺得歐陽脩最有趣的地方就是他的豁達。他對蘇東坡產生了極大的影響，將唐宋的文學經驗轉換到一個比較豁達的方向。佛學與老莊的東西也進來了，以往的激情慢慢緩和下來。

揚州有一個「平山堂」，為歐陽脩任太守時所建。坐在那裡，眼前有一片江南美景。這個「平」字也是歐陽脩要追求的，他不要發那麼高的音，而是要發一種很平和的聲音，不那麼費力，有一種從容或者自在的感覺。

人生的豁達與從容，大概都來自於毋須去堅持非此即彼，而是能夠優遊於生命的變化裡，耐心地看待某一段時間中我們還沒有發現的意義。聚和散是變化，花開花謝是變化，月圓月缺是變化，可是在我們不知道變化的真正意義的時候，會沮喪、感傷，甚至絕望。如果知道它是一個自然過程，為什麼還要去感傷呢？這個時候，人就會用一種很豁達的心境去看待這些事物。

富有而不輕浮

時間這樣慢慢地過去，生活中有這麼多小小的事件和可愛的東西，可是又不輕浮

〈南歌子〉是一個比較調皮的曲調，更接近民間，有點俚俗。歐陽脩的這首詞作中用了很多類似於民謠當中調情的對話。

鳳髻金泥帶，龍紋玉掌梳。走來窗下笑相扶，愛道畫眉深淺入時無。
弄筆偎人久，描花試手初。等閒妨了繡功夫，笑問鴛鴦兩字怎生書。

「鳳髻金泥帶」，一開始就在描述女子頭髮的樣式。「金泥帶」和「龍紋玉掌梳」都是髮髻上的裝飾。「走來窗下笑相扶」，它的畫面性是可以拍成電影的，我們能感覺到這個女子對夫君的那種親切和她的神態。「愛道」兩個字用得極好，和下闋的「笑問」都帶著一種俏皮。「愛道畫眉深淺入時無」，作者用了一個典故，唐代朱慶餘為了試探主考官是否賞識他的文章，便獻上〈近試上張水部〉一詩：「洞房昨夜停紅燭，待曉堂前拜舅姑。妝罷低聲問夫婿，畫眉深淺入時無。」歐陽脩則直接用來表

現夫妻之情，這個女子問她的夫君：「眉毛畫得怎麼樣，要不要改一改？」「弄筆偎人久」，好像要描個花樣，可是又好像不願意做，一直靠在人身上撒嬌，很親密。「描花試手初」，她在試著描畫要刺繡的花樣。「等閒妨了繡功夫」——岳飛的〈滿江紅〉裡寫道「莫等閒白了少年頭」，很悲壯，可是繡花這件事情沒有那麼嚴重，今天繡或者明天繡都無所謂。

能夠寫出這樣的詞的人非常幸福，因為絕對是在昇平時代——沒有戰爭，經濟非常繁榮，才能寫出這樣的詞來。時間這樣慢慢地過去，生活中有這麼多小小的事件和可愛的東西，可是又不輕浮，富有而不輕浮是非常難的事情，北宋的生活有自己的品味。

這些文人內心其實有一種無常感，所以在生活裡面會有一種深沉。「等閒妨了繡功夫，笑問鴛鴦兩字怎生書」，問男子「鴛鴦」兩個字到底怎麼寫，這當然是一語雙關：一方面大概真的不好寫；可是另外一方面，「鴛鴦」兩個字又有調情的成分。

這首詞有很高的戲曲性，其中一些詞句非常像戲劇裡面的動作、表情，歐陽脩把很多語調和對動作的模仿都寫出來了。像《大宋宣和遺事》、《白蛇傳》這類作品，還有口語化的《傳燈錄》，在宋代都出現了。這個時期有了很多民間戲曲、小說的描繪，這首詞也不只是一個詩句的形式，人物角色都開始出現了。從這首〈南歌子〉，大家可以感覺到文學的形式在歐陽脩筆下有了很大變化。

人生自是有情癡，此恨不關風與月

要看到生命的真相，就不能只是看到花開，也要看到花落

我們再看下一首〈玉樓春〉。

尊前擬把歸期說，未語春容先慘咽。人生自是有情癡，此恨不關風與月。
離歌且莫翻新闋，一曲能教腸寸結。直須看盡洛城花，始共春風容易別。

「尊前擬把歸期說」，喝著酒和朋友告別，很想告訴他回來是什麼時候，可是「未語春容先慘咽」，大概要分別蠻久的，所以還沒有講就已經有點泣不成聲。「人生自是有情癡，此恨不關風與月」，這個句子會在後來傳唱不已，是因為它抓到了既通俗卻又是真理的東西。歐陽脩自我解嘲說「人生自是有情癡」，說人生中對

於情感的執著沒有什麼道理好講。在男性夫權、父權文化裡，男性並不敢表現這個部分，可是宋代很奇特，竟然覺得它是可以被解嘲的。「此恨不關風與月」，人的情感本與自然界的風、月無關。

「離歌且莫翻新闋，一曲能教腸寸結」，詞的段落叫「闋」，「翻新闋」就是把舊的歌填上新的詞。他用了俚俗的民間語言去講情感的糾纏，講情感的不能釋懷。「腸寸結」這種非常民間的文字，直接被文人用在詞當中，這就是詞可愛的部分。

「直須看盡洛城花，始共春風容易別」，把個人的情感在告別的時候擴大，在「腸寸結」的絕望下走出去，看看整個洛陽城的花。所有的花都會開，可是也都會凋落，「始共春風容易別」其實是說要看到生命的真相，就不能只是看到花開，也要看到花落。

歐陽脩對整個宋代文風有非常大的影響，我們會發現蘇軾的作品也都有一種自然與直接，不會陷在絕對的哀愁當中。

天賦與輕狂

歐陽脩將「輕狂」視作生命裡面一種放鬆的、暫時離開規矩的狀態

我們再看〈望江南〉。

江南蝶，斜日一雙雙。身似何郎全傅粉，心如韓壽愛偷香。天賦與輕狂。

微雨後，薄翅膩煙光。才伴遊蜂來小院，又隨飛絮過東牆。長是為花忙。

一般人對於「輕狂」兩個字，大概不會持很正面的看法。在這裡，歐陽脩將「輕狂」視作生命裡面一種放鬆的、暫時離開規矩的狀態。

「江南蝶，斜日一雙雙。身似何郎全傅粉……」，歐陽脩藉由典故來談美。三國的何晏皮膚很白，上朝的時候皇帝懷疑他擦了粉，就在大熱天賜他吃熱湯麵。他吃了以後滿身大汗，就用袖子擦臉，結果仍然面如冠玉，皇帝才相信這人真是個美男子。韓壽也是一個美男子，史書上說他「美姿貌，善容止」，西晉時一位女子賈午因愛戀韓壽，所以偷了父親賈充的西域香料送給韓壽。「何郎傅粉」、「韓壽偷香」這兩個典故，都是在講男子的美與情。歐陽脩在這裡沒有任何責備的意思，反而覺得這是天生的輕狂，並用以形容蝴蝶的美。

「微雨後，薄翅膩煙光」，在微微的細雨後，夕照讓蝴蝶的翅膀透出一層淡淡的光。在宋詞裡，連這樣的細節都是可以看到的，它把這樣一個視覺經驗寫出來了。

「才伴遊蜂來小院」，剛剛蝴蝶跟著蜜蜂來到小院，「又隨飛絮過東牆」，又隨著柳絮飛過了東牆，「長是為花忙」。整首詞都在講一隻蝴蝶的遊蕩和美麗，有點像我們的一首老歌《紫丁香》，裡面就是這樣的調子，宋詞真的很有當時流行歌曲的感覺。

行人更在春山外

這種心靈上的空間感告訴我們，執著與激情要回歸到更大的空間上去平緩下來

我們再看下面一首〈踏莎行〉。

候館梅殘，溪橋柳細，草薰風暖搖征轡。離愁漸遠漸無窮，迢迢不斷如春水。
寸寸柔腸，盈盈粉淚，樓高莫近危闌倚。平蕪盡處是春山，行人更在春山外。

這也是一首關於告別的詞，從風景講起。梅花殘了，溪橋旁邊的柳樹細細的。「草薰風暖」，已是初春，「征轡」是馬身上的配件，這是一匹要離別的馬。「離愁漸遠漸無窮，迢迢不斷如春水」，分開得愈遠，離愁愈無法窮盡，就如長流不絕的春水一般。

「寸寸柔腸，盈盈粉淚，樓高莫近危闌倚」，宋代文人經常被外放，到不同的地方做官，認識不同的人，所以常常在告別。他們常常把人生的這種流浪以一種深情的方式進行描寫。所以曾經有過「攜手遊芳叢」那樣的經驗，告別的時候才會「寸寸柔腸，盈盈粉淚」。「平蕪盡處是春山，行人更在春山外」，在樓上一直眺望著想看的人，可是因為漸行漸遠，最後看不見了。

宋代的繪畫推出了山水畫的一種遼闊形式，也就是一種新的空間感，這種空間感讓我們發現思念的情緒是有極限的，所以無論如何努力，都不可能追求到最遠的地方。在張若虛的〈春江花月夜〉裡，思念到最後變成「願逐月華流照君」，他希望自己跟著月光，去照耀千里萬里之外的另一個人。可是在宋詞裡，歐陽脩認為那個人已經看不見了，而看不見才是真相。因為再怎麼看，也只能看到春天的山，要看的人卻在山的另一邊。這種心靈上的空間感告訴我們，執著與激情要回歸到更大的空間上去平緩下來。

率性令生命優美

宋代的文化會正視青春和衰老，不會刻意地去隱瞞衰老

我們最後來看一首歐陽脩的〈朝中措〉。

平山闌檻倚晴空，山色有無中。手種堂前垂柳，別來幾度春風。
文章太守，揮毫萬字，一飲千鍾。行樂直須年少，尊前看取衰翁。

「平山闌檻倚晴空，山色有無中」，「平山」就是揚州平山堂，歐陽脩在堂中看到遠遠的山色在有與無之間，「有」與「無」都是山的真實狀況，這裡直接用了王維〈漢江臨眺〉的句子：「江流天地外，山色有無中」。「手種堂前垂柳」，平山堂是他經營出來的一塊地，前面的柳樹也是他自己種的。「別來幾度春風」，他已經離開平山堂到別的地方做官，此時又憶起在揚州的生活。

下面這一段非常有趣。「文章太守，揮毫萬字，一飲千鍾」，完全是自敘：一個喜歡寫文章的太守，下筆揮毫萬字，飲酒千鍾。「行樂直須年少，尊前看取衰翁」，他

跟旁邊的人說：你們現在這麼年輕，要珍惜，要及時行樂；如果不珍惜，就看看我已經老成什麼樣子了。這其實是一種自嘲。從中我們可以看到，宋代的文化會正視青春和衰老，不會刻意地去隱瞞衰老。

歐陽脩這種率性的詞作，在他整個生命形式裡顯得非常優美，也影響了蘇軾。

第四講

柳永

才子詞人，自是白衣卿相

生命價值沒有簡單到由一個考試就定論了，每一個生命應該擁有他自己可以決定的東西

北宋這些詞人，包括蘇軾、柳永，他們的可愛在於他們覺得人是不同的，沒有人規定我們一定要和別人一樣，所以「回來做自己」這件事情是非常重要的。在柳永的作品裡，我選了〈鶴沖天〉，在我自己的集子《今宵酒醒何處》裡，我引用過這首詞。在中國古代那麼長久的科舉制度當中，人們永遠在用考試結果去斷定自己在社會裡的價值和優劣。不只是考生個人，整個社會也覺得考試會決定一生。這首〈鶴沖天〉寫的其實是一個落榜小子的心聲。

黃金榜上，偶失龍頭望。明代暫遺賢，如何向？未遂風雲便，爭不恣狂蕩？何須論得喪。才子詞人，自是白衣卿相。

煙花巷陌，依約丹青屏障。幸有意中人，堪尋訪。且恁偎紅倚翠，風流事，平生暢，青春都一晌。忍把浮名，換了淺斟低唱！

「黃金榜上，偶失龍頭望」，柳永去考進士，放榜後發現自己竟然沒有考取，還說自己是偶然沒有考到、沒有被選上。

接下來他說「明代暫遺賢」，即使是很開明的時代，科舉考試也會對賢才有所遺漏，無法做到「野無遺賢」。這句其實是對自信的找回，生命價值沒有簡單到由一個考試就定論了，每一個生命應該擁有他自己可以決定的東西。他進一步說「如何向」，這該怎麼辦呢？竟然連我這樣的人都遺漏了。柳永在一步一步地對沒有考取這件事進行調侃。

考取即是直上青雲，「未遂風雲便」是說機遇不佳。他沒有說自己不好，只是覺得沒有那麼順利，表現了一種自信。「爭不恣狂蕩」，那好吧，我沒考取，那就到處去玩一玩，比較自由，無拘無束。在現今被視為是負面的「輕狂」、「狂蕩」，在宋代的歌曲當中竟然是正面的生命描述。

「何須論得喪」，考不上哪有那麼嚴重？生命為什麼要講得失這種問題，有所得的時候，一定有所失，這也是對自己的安慰。「才子詞人，自是白衣卿相」，柳永自認是一個才子，詞寫得極好，穿的雖然是普通老百姓的衣服，可是身分大概和一品官差不多。這一句既讓我們看到柳永對自己生命的自信，也讓我們感到他是一個在民間擁有廣大聽眾的歌手。在詞的歷史當中，「凡有井水處，皆能歌柳詞」，只要有井水的地方，都在唱柳永的詞，你看他多紅。我不把他當成一個狹義的文學創作者或者詩人看待，他的歌在民間流傳，被大家喜愛，而且他對此是很得意的。也許他今天會說：「不拿博士，要做歌手。」

這個人雖然落榜了，可是他有另外的生命價值，所以他才會說：「何須論得喪。才子詞人，自是白衣卿相。」更重要的是他的作品仍會大大流傳，他表現出不同的價值觀和生命的意義。

柳永喜歡和歌妓、樂工在一起。他最好的朋友不一定是讀書人，也不是知識分子。他和酒樓上的歌女一起填詞，也讓這些人演唱自己的作品。「煙花巷陌，依約丹青屏障」，風月場中擺放著丹青畫屏，這是歌妓居住的地方。「幸有意中人，堪尋訪」，一個落榜的人，如果尚有一個所愛的人等著他，我想他大概不會太沮喪。

「且恁偎紅倚翠」，多麼直接，完全是白話，他要和自己穿紅戴綠的「意中人」整天靠在一起。由於柳永很晚才中進士，一度只是個「大眾歌手」，很多人說柳詞鄙俗，他的作品的文學價值被貶低了。當時人喜歡歐陽脩、范仲淹、王安石，大概也不是懂詩詞，只因為這些人是高官。可是柳永沒有這個條件，喜歡他的全部是普通大眾，做詩人做到這樣真的很過癮。我一直覺得「凡有井水處，皆能歌柳詞」是文學評論上最了不起的一句話，比什麼人誇他都好。

「風流事，平生暢」，可以和這些女孩子在一起很浪漫地過一生，這是平生最快樂的事情。柳永後來被士大夫階層排斥，也沒有做過大官，只做過小小的屯田員外郎，所以大概整個士大夫階層都引他為借鑒，認為這不是一個典範人物。

接下來這句非常美：「青春都一晌。」我們講過李後主的「夢裡不知身是客，一晌貪歡」，「一晌」是很短的時間。既然青春這麼短，何必耗費在考試上，去背誦那些對生命沒有意義的東西呢？「忍把浮名，換了淺斟低唱」，為什麼非要考取這個浮名？它不過是個虛無的東西。他寧可把準備考試的時間拿來跟女孩子一起填詞，一起「淺斟低唱」，喝酒，唱歌。後來，連仁宗皇帝都知道了，雖然柳永再次參加科舉並考取，但在臚唱時，皇帝把他的名字塗掉了，並且說：「且去淺斟低唱，何要浮名！」並在試卷批上「且填詞去」。這個皇帝是不是有點小家子氣？

宋朝統治者比較好的一點是，他雖然討厭柳永，但不會殺他，只是不錄取你罷了，所以柳永就自稱「奉旨填詞柳三變」。後來他又去考試，結果考取了。他沒有被科舉壓死，也沒有覺得非要透過科舉來決定生命的全部意義。一個生命的可能性這麼大，為什麼非要被限定在一個狹窄的範圍裡呢？柳永的可愛，就在於他敢於做與世俗不同的、另類的，或者說有一點顛覆性的人；他可以從自己的生命出走，走出自己的一條路。

柳永後來窮困潦倒，那些仰慕他的歌妓和樂工集資埋葬了他。後來還形成了一個民間習俗叫作「弔柳七」，就是清明節那一天到他的墳上祭掃。由此可見這個人在民間被喜愛的程度。

「慢詞」自柳永開始

他的思念太多，是由於他到處流浪，思念和流浪之間產生了矛盾

我們下面要介紹柳永的〈八聲甘州〉、〈蝶戀花〉和〈雨霖鈴〉，其中的〈八聲甘州〉和〈雨霖鈴〉都是所謂的「慢詞」。文學史上常常說慢詞是自柳永開始，什麼叫慢詞？五代詞多是小令，早期的北宋詞也是小令，到了柳永，開始發展出可以鋪敘開來的比較長的詞，我們把它叫作「慢詞」，「慢」既包括音律上的緩慢，也包括反覆的結構的壯大。慢詞的出現在整個詞的歷史當中是一個非常大的改變，影響到後來戲曲的發展，因為它可以敘事、鋪排了。由於字數的限制，五代和北宋早期的詞都有非常精緻的句子，但不太能夠成大的篇章。可是〈八聲甘州〉裡面就有一種大氣的鋪排感。

對瀟瀟暮雨灑江天，一番洗清秋。漸霜風淒緊，關河冷落，殘照當樓。是處紅衰翠減，苒苒物華休。惟有長江水，無語東流。

不忍登高臨遠，望故鄉渺邈，歸思難收。歎年來蹤跡，何事苦淹留？想佳人、妝樓顒望，誤幾回、天際識歸舟。爭知我、倚闌干處，正恁凝愁！

這首〈八聲甘州〉是蘇軾很喜歡的作品。他曾經說，都說柳永的詞鄙俗，但如「漸霜風淒緊，關河冷落，殘照當樓」這句，卻是「不減唐人高處」，這是蘇軾對柳永很高的評價。從這裡可以看到一個好的創作者會賞識另外一個好的創作者，雖然蘇軾和柳永無論在個性還是主要的創作風格上都很不同，可是蘇軾卻非常欣賞柳永。這首〈八聲甘州〉在柳永的詞當中最受讚賞，與蘇東坡的評價有很大關係。足夠自信，才能欣賞他人。

「對瀟瀟暮雨灑江天，一番洗清秋」，秋天的黃昏，一片瀟瀟的雨從天空中灑落到江面上。「漸霜風淒緊，關河冷落，殘照當樓」，非常精采的地方在於用一個「漸」字帶出三個連句，好像是電影裡的蒙太奇畫面，把告別時那種肅殺的感覺整個表現出來了。

「是處紅衰翠減，苒苒物華休」，我們很少用「衰」去形容「紅」，紅色衰敗了，綠色減少了，其實是在講秋天花凋落了，葉子也掉了，他用的是民間流行歌曲中那些活潑的字。所以我們完全可以從流行歌曲的角度去看柳永這個人，看他用字的特殊，以及他對於後面我們將要講到的跨越北宋、南宋的女詞人李清照的影響。

「不忍登高臨遠，望故鄉渺邈，歸思難收」，離家很遠，可是又想家，沒有辦法抑制自己對家的思念，所以不敢登高臨遠。「歎年來蹤跡，何事苦淹留？」他自己也有些感嘆：自己這麼多年來到處流浪漂泊，這樣子折磨自己，到底是為了什麼？後來的元曲當中用到很多「淹留」，有「羈留」、「羈絆」的意思。

我們從這首〈八聲甘州〉中可以看到柳永的詞裡有非常強的「流浪意識」。流浪是五代詞到北宋詞的一個傳統內容，可是柳永的流浪變成了一個更大的生命形式的流浪。他真的是常年漂泊，在不同的地方幫人家填詞、寫曲賺一點錢，是一個「大眾歌手」或者是填詞者的角色。

「想佳人、妝樓顒望」，還是想念那個女子，這個女子可能會在樓上眺望，思念他，希望他回來。「誤幾回、天際識歸舟」，好幾次都誤以為他回來了，到船接近時才發現不是柳永的。柳永的情感狀態和蘇軾的「多情卻被無情惱」其實不太一樣，他有一點耽溺在多情裡，覺得多情是自己生命的美好形式，同時也是對方生命的美好形式。當然，由於他來往的對象大概多是酒樓女子，所以情感和蘇軾寫給妻子的〈江城子〉其實還是很不同的。

「爭知我、倚闌干處，正恁凝愁！」這位佳人每次都誤以為柳永要回來，卻總是失望，大概也有一點惱怒，有一點抱怨；可是柳永說她一定不知道，自己不管在天涯海角，也是倚靠著欄杆正在發愁。所以這裡面寫的是雙重的思念，他的思念太多，是由於他到處流浪，思念和流浪之間產生了矛盾。我們繼續看他下面的詞時，會愈來愈清楚他的流浪和思念、眷戀形成的拉扯力量。

衣帶漸寬終不悔，為伊消得人憔悴

到最後發現他慵懶、疏狂、無味，是因為他愛上了一個人

我們來看柳永的這首〈蝶戀花〉。

竚倚危樓風細細，望極春愁，黯黯生天際。草色煙光殘照裡，無言誰會憑闌意？

擬把疏狂圖一醉，對酒當歌，強樂還無味。衣帶漸寬終不悔，為伊消得人憔悴。

上闋比較像歐陽脩的詞作，描述一個人倚靠在樓邊，感覺到風，還特別講到草色，草上面煙和光的變化是非常細膩的。「倚闌」、「憑闌」都是宋詞裡面經常出現的，體現了人與建築空間的關係——欄杆給了身體語言一種空間感。

「擬把疏狂圖一醉，對酒當歌，強樂還無味」，感覺到自己的生命其實有一點頹廢，有一點疏懶，還有一點狂放，他想好好去喝喝酒，可是對著酒想要唱歌的時候，又好像打不起精神來。柳永詞當中有一種奇特的慵懶，那種慵懶讓我們感覺到又把五代詞的頹廢拉出來了。他所謂的「慢詞」的書寫，其實來自於這心境上的一點慵懶。

「衣帶漸寬終不悔，為伊消得人憔悴」，這是王國維說的人生的第二個境界。柳永在前面講了半天，我們不知道他的意圖是什麼，到最後發現他慵懶、疏狂、無味，是因為他愛上了一個人。為了愛那個人，他愈來愈瘦，愈來愈憔悴，但並不後悔，這變成了他自己生命形式的執著。

今宵酒醒何處

「醒」在哲學上常常代表一種生命的領悟，代表一個生命從迷濛走向清醒的狀態我們最後看他這首〈雨霖鈴〉，這大概是柳永被傳誦最久，也是最好的作品之一。

寒蟬淒切，對長亭晚，驟雨初歇。都門帳飲無緒，方留戀處，蘭舟催發。執手相看淚眼，竟無語凝噎。念去去、千里煙波，暮靄沉沉楚天闊。

多情自古傷離別，更那堪、冷落清秋節。今宵酒醒何處？楊柳岸、曉風殘月。此去經年，應是良辰好景虛設。便縱有、千種風情，更與何人說？

「寒蟬淒切，對長亭晚，驟雨初歇」，初秋的蟬叫作寒蟬，鳴音非常淒涼，疏疏落落的。作者要和朋友在長亭告別，剛剛雨過天晴。「都門帳飲無緒」，古代有個習慣，在郊外送別朋友時，常常會搭一個帳篷在裡面喝酒，叫作「帳飲」。「方留戀處，蘭舟催發」，兩個人依依不捨，可是船夫一直在催促，說趕緊上船，船要走了。「執手相看淚眼，竟無語凝噎」，兩個人手握著手，看著對方含著淚的眼睛，哽咽得說不出話來。「念去去、千里煙波，暮靄沉沉楚天闊」，心裡想這一走，這船一出發後，就是千里浩渺的煙波，在黃昏的光線當中大概要一直往南方去了。幾句話讓人感覺到生命的茫然和空闊，而那些眷戀的情緒也似乎隨之消散。

「多情自古傷離別，更那堪、冷落清秋節」，自古以來那些敏感多情的人，大概最怕離別的傷感，更何況是在秋天這麼荒涼的季節裡告別。

下面是他的名句：「今宵酒醒何處？」剛才告別的時候喝了很多酒，今天會在哪裡醒過來？這是一個問句，有大量的流浪意識在裡面。他可能是在講自己這一次醉酒在哪裡醒來，也可能在講生命此後究竟要漂流到哪裡去，其實這是宗教式的問答。「醒」在哲學上常常代表一種生命的領悟，代表一個生命從迷濛走向清醒的狀態。

「楊柳岸，曉風殘月」，意象又變了：長滿楊柳的岸邊，早上的風輕輕吹來，天上還有未沉下去的月亮。有沒有發現這是一個畫面？我們會發現「今宵酒醒何處」的答案，竟然是「楊柳岸，曉風殘月」。名句常常是主觀與客觀的交融，產生出這麼美的一個意象。我們自己好像也有這樣的感受：有一天，把很多執著放鬆了，不在意自己在哪裡醒來，能夠隨時隨地欣賞「楊柳岸，曉風殘月」，生命大概才能找回失去的東西。「楊柳岸、曉風殘月」是隨時都有的，它只是一個代號，可以是任何東西。

「此去經年，應是良辰好景虛設」，與心愛的人告別之後，還有這麼長的歲月，即使天氣很好，即使有美好的風景，大概也都沒有用了。「便縱有千種風情，更與何人說？」即使心裡有這麼深的情感，大概也沒有什麼人可以說了，這是他和自己那麼眷戀的人告別時的心事。

可是我相信，柳永在第二天又會發現另外一個人，又會向那個人傾吐心事。他一直在流浪當中，一直在尋找生命中的知己。大家可以透過這些視角，看到北宋詞與唐詩不同的、很特殊的生命情調。北宋詞與我們後面要講的南宋詞也不同，南宋詞既有更精細的東西，也有像辛棄疾那樣的慷慨和悲壯。

第五講

蘇軾

可豪邁，可深情，可喜氣，可憂傷

蘇軾真正建立了宋代詞風中的平實，他總可以把世俗的語言非常直接地放入作品中

蘇軾是大家非常熟悉的文學創作者，他的作品如「大江東去，浪淘盡，千古風流人物」，或者「明月幾時有，把酒問青天」幾乎已經進入了一般大眾的日常生活中。北宋開國以後，努力讓文學創作貼近人們日常的口語及生活，而經過歐陽脩的革命或者說提倡之後，更明顯地帶動了一代詞風。

歐陽脩本身是主考官，在科舉制度當中可以帶動新的文學風氣。即使從功利的角度來講，新的知識分子和所謂的士大夫階層為了能夠在朝政中與這些大臣合作，也會傾向於走平實的詞風。

蘇軾的文學風格幾乎一掃唐代貴遊文學的風氣。「貴遊文學」從六朝以下一直到李白，基本上都在追求比較貴族氣的豪邁、華麗，追求大氣、揮霍的美學感覺。蘇軾真正建立了宋代詞風中的平實，他總可以把世俗的語言非常直接地放入作品中，比如「明月幾時有」、「人生如夢」、「多情應笑我」。

以下選了他五首詞作，它們的風格非常不一樣。我們還會講到他著名的《寒食

帖》。如果要講複雜和豐富，在中國的文學創作上，很少有人比得上蘇東坡。比如在〈江城子〉裡面他悼念亡妻的那種哀傷和深沉，在中國眾多的悼亡之作中是很少有的。而透過〈蝶戀花〉，我們會發現他的俏皮、他的某一種喜悅，幾乎是前面講到的詞人都沒有的。他可以豪邁，可以深情，可以喜氣，可以憂傷。如果完全從美學角度來講，蘇軾的成就大概是最高的。

不思量，自難忘

蘇軾的美學在淒涼當中不小氣，常常有種空茫的感覺，帶著生命的無常感

十年生死兩茫茫。不思量，自難忘。千里孤墳，無處話淒涼。縱使相逢應不識，塵滿面，鬢如霜。
夜來幽夢忽還鄉。小軒窗，正梳妝。相顧無言，惟有淚千行。料得年年腸斷處，明月夜，短松岡。

大家要特別注意這首〈江城子〉口語化的傾向。在閱讀時，會感覺沒有任何阻礙和費力，如蘇軾自己所説，他在寫文章時如行雲流水，「常行於所當行，常止於所不可不止」。這其實是在講行文要自然，當然這並不容易。

十六歲嫁到蘇軾家裡的王弗，是蘇軾生活中最重要的一個段落。在她去世十年後，蘇軾開始描述自己在夢中的經驗。其實悼亡的作品並不好寫，原因在於悼亡是在書寫特定的人與人之間的經驗，而同時又必須把它擴大到生命的某種蒼涼，因為它的主題畢竟是死亡。我們在讀到「十年生死兩茫茫，不思量，自難忘」的時候，會發現蘇軾完全是從真實的情境出發，沒有任何做作。

「塵滿面，鬢如霜」是個非常意象化的描述，即「我已經老了，這些年憔悴漂泊，這樣一副面容即使見到了，妳也不會認出我了」，這種描述表現的是一種深刻又特殊的情感。與妻子的情感也許不見得是浪漫，因為它太平實了，不像情人間的情感花稍，但因為有著共同生活過的內容，因此裡面有非常深沉的感受。

蘇軾只是在寫偶然夢到亡妻的記憶：「夜來幽夢忽還鄉，小軒窗，正梳妝。」其中「小軒窗，正梳妝」是對妻子初嫁的回憶，這裡面有一種少女的美。王弗十六歲嫁到他家，一個新郎大概會在妻子化妝時偷看她的美。前面的「塵滿面，鬢如霜」講的是一個中年男子的蒼涼與憔悴，可是到「小軒窗，正梳妝」的時候，忽然變成了一個少女的美和俏皮，這裡有一種對比：自己已然衰老，可是亡者在他的記憶裡是一個永遠的新娘，一個初嫁的新娘。

我覺得蘇軾的作品根本不需要注解，他沒有刻意地為文學而文學，而是在生命當中碰到那個事件的時候，他的真情會完全流露出來，他的文學也就跟著出來了。

這首詞裡用到「江陽韻」。江陽韻本身是一種比較大氣的韻，有比較大的空間感，可是蘇軾把大的空間感和淒涼混合在一起，產生了一種比較獨特的美學。蘇軾的美學在淒涼當中不小氣，常常有種空茫的感覺，帶著生命的無常感。我們前面講歐陽脩一直在提倡平實的詩風與文風，可是歐陽脩好像很個人，而蘇軾會在生活裡愛很多人，他對妻子的愛，對他詞作中那個根本沒有見到面的邋鰍鬣的女子的愛，都非常有趣。他是多情裡有深情，又不是一般所說的「濫情」，這個界限很難把握。

我們看到宋代文人描述的男女之情，幾乎都是與歌妓之間的情感，夫妻的情感很少成為文學主題，可能是因為會受到倫理層面的約束。在中國古代社會中，女子婚後生子、管家，而丈夫則常常在外面有他自己另外的空間，男人的情感空間和婚姻空間常常會分離開來。可是在這首〈江城子〉中，我們會感覺到蘇軾試圖把情感和婚姻做某種程度的結合，他是從真情上去描述的。

文學裡的極品，其實情感多是一清如水，超越喜悅，也超越憂傷。「明月夜，短松岡」，每一年她去世的時刻，在那樣一個有明月的夜晚，在那個矮矮的長滿了松樹的山岡上，他們都會「相見」，而且大概是生生世世的見面。收尾部分常常會決定一部作品最後的意境，有點像電影的尾聲。「明月夜，短松岡」是一個擴大出去的意境。蘇軾在生命經驗中體現某一種豁達，這種豁達使他不會拘泥於小事件，不會耽溺其中。

偷窺——中國文學少有的美學經驗

他有〈江城子〉那樣的深情，同時又有〈蝶戀花〉這樣的豁達

下面要講的是蘇軾的〈蝶戀花・春景〉。我很希望大家能夠和〈江城子〉做對比，它們是完全不同的調子。

花褪殘紅青杏小。燕子飛時，綠水人家繞。枝上柳綿吹又少，天涯何處無芳草！
牆裡秋千牆外道。牆外行人，牆裡佳人笑。笑漸不聞聲漸悄，多情卻被無情惱。

「花褪殘紅青杏小」，由春入夏的季節，花已經凋落了，杏花落了以後，青色的杏子慢慢長出來。「燕子飛時，綠水人家繞」，這個畫面幾乎是沒有主觀性的白描，就是春天的燕子飛起來，那綠水繞著幾戶人家流過去。我們幾乎可以把它翻譯成宋代一個非常美的小品或山水畫。「枝上柳綿吹又少」，枝條上的柳絮愈吹愈少。我們前面提到詞的句子有很高的獨立性，「天涯何處無芳草」其實就提供了這樣的經驗。這一句不只是在講一個自然現象，同時也擴大成為一個心理經驗，好像對生命有很大的鼓勵。

下闋談一個男子幾乎是以偷窺的方式去看高牆內女子在盪鞦韆，這段描繪在一個嚴肅的、父權的男性文化裡，大概是少有的一種活潑俏皮的美學經驗，它甚至比歐陽脩的「白髮戴花君莫笑」還要精采。

「牆裡秋千牆外道」，牆裡面有鞦韆，牆外面有一條路。「牆外行人，牆裡佳人笑」，路上有行人在走，就是蘇軾自己；牆裡有美麗的少女在盪鞦韆，一面盪一面笑。如果是一支影片，大概是蘇軾踮起腳尖，一直想看那個笑聲那麼美好的女孩子有多漂亮的感覺。女孩子可能發現他在偷看，所以「笑漸不聞聲漸悄」，女孩子跑掉了，笑聲愈來愈遠，然後就聽不到了。「多情卻被無情惱」，「行人」覺得自己是一個多情的人，很想認識一個美麗的少女，與她講講話，結果人家很「無情」地離去。

在北宋詞當中，這種真性情，這種自我調侃和自我解嘲，這種純潔，大概只有蘇軾有。在情感的「多情」和「無情」當中，人們通常會站在自己的立場上，而不會替對方設想。可是蘇軾沒有，他會覺得沒辦法啊，「牆裡秋千牆外道」是一個現狀。我甚至覺得他的東西常常像禪宗，反映了一種生命狀態。

「多情卻被無情惱」絕不是抱怨，而是自己摸摸鼻子就走了，而且還有對自己的調侃。我覺得蘇軾的深情與豁達剛好是一體兩面，他有〈江城子〉那樣的深情，同時又有〈蝶戀花〉這樣的豁達。

融合儒、釋、道

大部分煩惱都是由於沒有辦法自嘲和調侃自己而僵在那個地方

蘇軾身上完美體現了儒家、道家（老莊）、佛教的融合。民間傳說，蘇軾曾寫信給佛印和尚，說最近修練到「八風吹不動」，不貪婪、不嫉妒，也不生氣了。佛印和尚在信上批了「放屁」二字退回，蘇軾氣得半死，跑到金山寺去大罵佛印，佛印就留一紙在門上：「八風吹不動，一屁打過江。」蘇軾馬上就懂了，自己也哈哈大笑，後來還把玉帶輸給了金山寺做為鎮寺之寶。蘇軾了不起的地方，就是他回來做「人」了。修練其實是為了回來做人，而不是為了告訴別人我多了不起；能告訴別人自己沒有那麼了不起，才是修行。

蘇軾處處流露出「我其實做不到」的真性情。他有著對人的眷戀、對人世的牽掛，可是他每天寫文章又說「我要放下」。吃飽飯他就摸自己的肚子，然後問別人：「你知道這肚子裡都是什麼嗎？」有人吹捧他，講是「一肚子文章」，朝雲說是「一肚子不合時宜」，他說「對了」——其實他很了解自己。了解自己是一種大智慧，因為在生命裡我們會作假，甚至會塑造出一個假的自我，並且愈來愈覺得這個假的自我是真的自我。尤其是在修行的過程當中，我們愈讀哲學、宗教的東西，愈覺得自己領悟了，愈容易自大，愈容易出言不遜。可是蘇軾的每一次悟道過程都會被破功，他就一笑置之，覺得破功後反而輕鬆了，不必背負悟道者的那種尊嚴。

在〈蝶戀花〉的下闋中，可以看到蘇軾最充分的悟道過程的就是「牆裡秋千牆外道」。聽到「牆裡佳人笑」的時候，覺得動心了，所以想要越過這道牆；可是「笑漸不聞聲漸悄」，所有眷戀的東西又消失了，只好自己抱怨說：「我不應該逾越這個分寸。」這個煩惱是自找的。這時我們忽然發現「牆裡秋千牆外道」是個精采的開始，一道牆分隔開兩個不相干的人或事物，而當我們硬要它們相干的時候，就會有煩惱。其實大部分煩惱都是由於沒有辦法自嘲和調侃自己而僵在那個地方。能夠一笑置之的時候，就會發現生命中的問題其實沒有那麼嚴重。

可以和歷史對話的人，已經不在乎活在當下

用這樣的方式去看歷史，忽然有了一種輕鬆，這樣就會發現自己始終不能釋懷的那種痛苦何足掛齒

四十三歲以前的蘇軾，一直受到寵愛而自己不知道。當他四十三歲被傳喚進京的時候，他從來沒有想到自己會落難到這種程度。造成他四十三歲時因「烏臺詩案」入獄的那些人的確是小人，可是這與蘇軾作品當中有很多句子在抒發不滿也有關。一個生命如果有一天能夠了解「牆裡秋千牆外道」的分寸，能夠了解「有才」與「無才」在這個世間並存的意義，他也許會有更大的豁達與包容。可是蘇軾在落難之前，並不知道要這樣做。

被關在監獄裡的時候，蘇軾的生命有一個大的跳躍。當時，蘇軾認識一個重要的朋友叫梁成。他是一名獄卒，蘇軾過去的生活裡沒有這種人，他結交的都是歐陽脩這種上層的知識分子。梁成或許覺得蘇軾真的是被陷害的，偷偷帶一點菜給他吃，冬天給他燒熱水洗腳什麼的。這個時候蘇軾變了，看見的不再只有知識分子。人其實有很多很多種，我相信在他的生命裡面有了更大的領悟。如果蘇軾有所謂的修行，這是他修行的機會；如果這個時候他繼續抱怨，繼續煩躁，他的生命是不會有跳躍的。

在監牢裡面這段時間，我相信是蘇軾脫胎換骨的時期。他寫給弟弟的詩〈獄中示子由〉感人至深：「是處青山可埋骨，他年夜雨獨傷神。與君世世為兄弟，再結來生未了因。」對生命當中所謂的權力、財富和正直，他沒有任何要求；和自己眷戀相親的人在一起過平淡天真的日子才是重要的。「與君世世為兄弟，再結來生未了因」（編按：一作「更結人間未了因」），希望下一輩子還能夠和相處很好的弟弟再做兄弟，我想這一點是蘇軾不得了的跳躍。他出獄後被下放黃州，整個生命都改變了。大家可以看看《寒食帖》，這是在台北故宮博物院展覽的蘇東坡最好的手稿真跡。當時的人大多不敢理他，因為他是政治犯，一個偉大的創作者要承受這樣被侮辱的過程，還能夠坦然面對往日的好友完全不搭理的局面。

當時一位老朋友就找了東邊的一塊坡地給他耕種，所以蘇軾取號「東坡居士」。這個時候，蘇軾死掉了，一個新的蘇東坡活過來了。那首「大江東去，浪淘盡，千古風流人物」就是在這個時候寫的。大家讀到〈念奴嬌・赤壁懷古〉的時候，會感覺到不是蘇軾走在宋朝，而是蘇東坡走在三國的歷史當中。

大江東去，浪淘盡，千古風流人物。故壘西邊，人道是，三國周郎赤壁。亂石崩雲，驚濤裂岸，卷起千堆雪。江山如畫，一時多少豪傑！
遙想公瑾當年，小喬初嫁了，雄姿英發。羽扇綸巾，談笑間，檣櫓灰飛煙滅。故國神遊，多情應笑我，早生華髮。人間如夢，一尊還酹江月。

當一個人可以與歷史裡的人對話的時候，他已經不是活在當下。所以當蘇軾走在黃州的赤鼻磯，遙想當年三國赤壁，才會生出「大江東去，浪淘盡，千古風流人物」的感慨。所有的人都會隨時間逝去，無論高貴、卑賤、正直、卑劣，總有一天都會被掃盡。時間與今天相比，是分量更重的東西。當他領悟到這一點的時候，好像曾經在三國活過，現在又活了一次一樣。

我們在這首宋詞中幾乎排名第一的作品裡，看到蘇軾平實道來自己對歷史的感受：「故壘西邊，人道是，三國周郎赤壁。」「人道是」表明他自己並不確定，他可以把文學作品以這樣的口語寫出來。「亂石崩雲，驚濤裂岸，卷起千堆雪。江山如畫，一時多少豪傑！」歷史的開闊、沉重與豐富，全部在這裡展現出來。五代到北宋的詞都在寫生活中的小事件、小經驗，可是這首詞忽然寫大事件、大經驗了，而這個大經驗是因為經過了劫難才看到的。不過，蘇軾的大經驗與唐代還是不同，他接下來仍舊回到非常優美的部分。「遙想公瑾當年，小喬初嫁了」，有一點像前面講過的從「塵滿面，鬢如霜」忽然轉成「小軒窗，正梳妝」，是一個陽剛的、滄桑的中年男子和一個嫵媚的少女之間的對比。

在傳統戲曲的舞臺上，體現這種對比的就是《蘇三起解》：一個美麗的女子和白髮蒼蒼的崇公道的搭配，就是青春華美與年老滄桑的對比。這首詞也是這樣，前面寫「江山如畫，一時多少豪傑」這樣充滿男性陽剛的東西，而後面寫到「遙想公瑾當年，小喬初嫁了」，突然一轉，那種唯美的、表現青春年華的美的內容出現了。

「遙想公瑾當年，小喬初嫁了，雄姿英發」，描繪周瑜青春俊美的面貌。「羽扇綸巾，談笑間，檣櫓灰飛煙滅」，歷史不過就像一場戲，從容自在的談笑之間，敵方的戰船便灰飛煙滅。用這樣的方式去看歷史，忽然有了一種輕鬆，這樣就會發現自己始終不能釋懷的那種痛苦何足掛齒。「故國神遊，多情應笑我，早生華髮」，這其實是在調侃衰老，一個可以「多情應笑我」的生命本身就是可以笑、可以被笑的，可以被嘲弄、被調侃的。生命應該有這個內容，沒有這個內容就太緊張了。結尾他寫道「人間如夢，一尊還酹江月」，最後用酒來祭奠江水和月亮，他感覺到有一天要把生命還給山水。

這段時間是蘇軾最難過、最辛苦、最悲慘的時候，同時也是他生命最領悟、最超越、最昇華的時候。他有時候還是很抑鬱的，他不是一下就豁達了。有一次他跑到夜市喝酒，被一個流氓一樣的人撞倒在地，他很生氣，本想跟那個人吵架，可是隨後他忽然笑了。後來他給朋友寫信，說這件事情的發生令他「自喜漸不為人識」。

「自喜漸不為人識」是一種非常重要的心態，不是別人認不認識你，而是我們相信自己其實不需要被別人認識，那種回來做自己的狀態非常難，尤其對蘇軾這樣曾經名滿天下的翰林學士來講。結識獄卒梁成這樣的人對他來說是非常重要的經驗，他真的下到民間了，知識分子的驕傲隨之消除。民間的東西幫助蘇軾開闊了文學的意境，他這個時候寫出來的作品，大概是他最好的作品。再來看這首〈臨江仙〉。

夜飲東坡醒復醉，歸來彷彿三更。家童鼻息已雷鳴。敲門都不應，倚杖聽江聲。
長恨此身非我有，何時忘卻營營？夜闌風靜縠紋平。小舟從此逝，江海寄餘生。

「夜飲東坡醒復醉」，夜裡到東坡上喝酒，醒了又醉，醉了又醒，當然是有一點鬱悶，不然不會這樣喝酒的。「歸來彷彿三更」，回到家裡大概已經半夜十二點多了，「家童鼻息已雷鳴」，家童的鼾聲像打雷一樣。

「敲門都不應，倚杖聽江聲」，蘇軾敲門，沒有人來開門，要是以前，他大概會一腳踹進去，然後大罵一頓。可是現在不能進門，他就倚靠著手杖聽聽江水的聲音。「倚仗聽江聲」是一種生命的豁達，他這個時候的詞句都變成了對自己的提醒。提醒自己是因為他多半做不到，他的修行還不夠。

「夜闌風靜縠紋平」，夜深了，風停止了，水面上幾乎完全平靜，好像沒有波浪的生命的形式。「小舟從此逝」，他願意坐著一葉小舟就從這裡消逝，「江海寄餘生」，到江海當中去隱居。當時傳聞他拿毛筆在牆壁上寫了這首詞後，人就不見了。當地的太守嚇死了，以為走脫了政治犯，急忙到他家裡去找，沒想到他正在裡面呼呼大睡。

蘇軾從來不認為文學作品是對生命的結論，那只是生命的片段領悟而已。它可以修正，可以修改，也可以再反證、再修行，它是一個過程。

綿中裹鐵

對於外在的、客觀的懲罰，如果有一念之轉，可能會發現沒有事情是完全悲苦的

下面要講的是蘇軾在黃州時所寫的詩——《黃州寒食二首》。這兩首詩的手稿被稱為《寒食帖》，現收藏於台北故宮。

自我來黃州，已過三寒食。年年欲惜春，春去不容惜。今年又苦雨，兩月秋蕭瑟。臥聞海棠花，泥汙燕支雪。闇中偷負去，夜半真有力。何殊病少年，病起頭已白。

春江欲入戶，雨勢來不已。小屋如漁舟，濛濛水雲裡。空庖煮寒菜，破竈燒濕葦。那知是寒食，但見烏銜紙。君門深九重，墳墓在萬里。也擬哭途窮，死灰吹不起。

黃庭堅認為蘇軾的字很美，因為它率性而為。美學當中最難的是自然、不做作，蘇軾的書法不是難在技巧，而是難在心境上不再賣弄。

「自我來黃州，已過三寒食」，這是第一首的起句。從蘇軾來到黃州，已經是第三個寒食節了。介之推被燒死在綿山以後，晉文公哀悼他，下令全天下在這一天不要吃熱的菜，「寒食節」是為紀念歷史上這麼一個有風骨的文人。當然蘇東坡這裡寫到的寒食，對他而言意義非常特殊，是一個不趨附潮流的人在表達自己對生命的領悟過程。

《寒食帖》被稱為蘇東坡傳世書法的第一名，也是中國行書裡面最受讚賞的。蘇東坡的偉大，就在於他讓我們覺得藝術創作就是真性情。

「年年欲惜春」，每一年到寒食節都想惋惜春天要過完了，可是「春去不容惜」，他重複了「春」字。「今年又苦雨」，今年雨下得特別多；「兩月秋蕭瑟」，陰曆三四月份（寒食節）像秋天一樣蕭瑟，因為一直在下雨，有一點陰森森的感覺。「臥聞海棠花，泥汙燕支雪」，「燕支」猶言胭脂，是美麗的紅色顏料，女人也用它來化妝。他躺在床上，聽說海棠花已成「燕支雪」，掉在泥土裡，被泥土弄髒了。我們會覺得花是高貴的、完美的，而泥土是骯髒的、卑微的，可是花瓣掉落了會和泥土在一起。

那麼在蘇軾的世界裡，怎樣把自己從四十三歲以前花一般的瑰麗，變成四十三歲以後東坡泥土般的卑微呢？他要用花和泥來表達心情上的領悟。

「花」和「泥土」，剛好是四十三歲以前和四十三歲以後蘇軾的兩面。花變成泥土，再變成養分，去供養下一朵花。我們平常會區分高貴與卑微、美麗與醜陋，可是在另外一個領域當中，美麗與醜陋是可以和解的，高貴與卑微也是可以和解的。所以花和泥在這裡變成另外的形態。

「闇中偷負去，夜半真有力」，這裡是用莊子的典故，莊子說：「夫藏舟於壑，藏山於澤，謂之固矣！然而夜半有力者負之而走，昧者不知也！」意思是有人把船藏在山谷當中，可是夜半船忽然不見了，因為有個大力士把船給背走了。其實把東西帶走的是「時間」，沒有什麼比時間更厲害。這也是蘇軾用莊子典故的意義所在。

「何殊病少年，病起頭已白」，本來覺得自己還很年輕，還是少年，可是怎麼生了一場大病，頭髮都白了。這個病當然指的不是生理上的病，是講他坐了一次牢，對他而言是一場大病，出了牢以後頭髮都白了。在「病」字之前他寫錯了一個字：「子」，就在旁邊點了四個點，表示「寫錯了」。他非常隨意，這是「手稿」，高興怎麼寫就怎麼寫，寫錯了就塗改。他讓所有的線條非常自由地遊走。

《黃州寒食二首》第二首的開頭是「春江欲入戶，雨勢來不已」。語言還是很貼近白話。因為一直下雨，春天的江水好像要漲進他住在江邊的房間裡了。「小屋如漁舟，濛濛水雲裡」，他的小屋子好像一條漁船，被一片水霧包圍。「空庖煮寒菜」，他大概有點餓了吧，就跑去廚房找一點蔬菜煮來吃。這裡的「寒」也是心情，「空」

也是心情，空的廚房裡面只有冷的菜，好像他所有的熱情在這個時候都冷卻了。

「破竈燒濕葦」，爐灶破破爛爛的，拿來燒的蘆葦也是濕的，因為雨下了太久。空庖、寒菜、破竈、濕葦，好像都是發黴的感覺。「那知是寒食」，他根本不知道今天是哪一天。因為他已經被下放，反正也不上朝了，是哪一天又有什麼關係？「但見烏銜紙」，烏鴉嘴巴裡咬著一張燒剩的紙錢飛過去。寒食節在清明前後，所以烏鴉會咬著清明節掃墓以後燒剩下的紙灰。讀到書法作品裡的「烏銜紙」，尤其是「紙」的時候，有沒有感覺到他的筆鋒變了？像刀子一樣很銳利。他這個時候其實非常痛苦，我們彷彿能夠從字跡中感受到他悲哀的心情。寫到「破竈」的時候，他有一種落寞、敦厚；可是寫到「烏銜紙」的時候，他是非常銳利的。這也是為什麼這個卷帙在書法上非常受到推崇，因為很少有書法家將毛筆的筆尖到筆根全部用到。

「君門深九重」，這裡有點兒像回到孩子的天真去寫字了。「銜紙」那尖銳的筆劃直接拉下來，後面跟了一個「君」字。這個「君」字，大概是和他最有關係的。他一直覺得自己對朝廷忠心耿耿，在王安石變法的時候，一直論辯新法得失。蘇軾其實不是不同意王安石的主張，他是覺得王安石太急，這樣的新政會讓老百姓更辛苦，因為要交那麼多的稅，老百姓會受不了。

然而，當時宋神宗急於變法，希望國家能夠富強，蘇軾書陳變法弊病，受到排擠，自請到外地任職。這個時候他內心對「忠心耿耿」其實有很大的矛盾：做為儒家的一分子，盡忠是重要的事情，可是「君門深九重」，皇帝這個時候不見他，所以他無法盡忠。

接下來他想盡孝，可是「墳墓在萬里」。他祖先的墳墓在四川，所以清明節他連回去掃墓都不行，也無法盡孝道。因此他看到「烏銜紙」的時候，筆劃變了，有一種淒涼的感覺。

「也擬哭途窮」，「途窮」就是道路到了盡頭，生命到了這樣的狀態，他很想學竹林七賢中的阮籍，無路可走時便大哭一場。可是「死灰吹不起」，自己的心境已經一片死灰，連哭的激情都沒有了。

我還是很希望大家有機會看一下《寒食帖》中，毛筆是怎麼運行的。那種不再一味表現剛銳或是工整的、柔的美學，裡面含著很大的力量，我們叫「綿中裹鐵」，外面看起來軟綿綿，可是裡面有剛硬的東西。

蘇軾這一時期的書法有了大的變化，不再寫以前那種賣弄的線條。《寒食帖》寫得幾乎像一個人臉上的表情。「右黃州寒食二首」，蘇東坡寫到這裡，連名字都沒有簽就結束了。看完《寒食帖》以後，再來讀蘇軾在黃州所寫的其他一些重要的作品，大家應會有不同的感覺。我想它是一個創作者在中年時非常重要的心境轉變，從這之後我們會發現蘇軾有更大的包容與豁達，儘管他此後的命運並沒有比從前更好。對皇帝來說，每一次貶官是對蘇東坡的懲罰，可對蘇東坡來講是人生難得的「賞賜」，因為不貶官還不會到這些地方。

蘇軾每到一地都在發現新的東西。到了嶺南，人家覺得這是活不下去的地方，他卻說荔枝很好吃，「日啖荔枝三百顆，不辭長作嶺南人」，他在生活裡發現活著的美好，他把懲罰變成了祝福。對於外在的、客觀的懲罰，如果有一念之轉，可能會發現沒有事情是完全悲苦的。後來，蘇東坡又到了海南島，認識了一些當地的原住民，他的生命一直自處在開闊。

重要的是活出自己

蘇軾以一種開放的心態、一種開闊的個性，樹立起自己的生命典範

文學史上的蘇軾以一種開放的心態、一種開闊的個性，樹立起自己的生命典範，這個生命典範讓我們知道其實文學重要的是活出自己。

最後，我們看蘇軾的〈水調歌頭〉。這首詞是他在中秋節寫給弟弟的。

明月幾時有，把酒問青天。不知天上宮闕，今夕是何年？我欲乘風歸去，又恐瓊樓玉宇，高處不勝寒。起舞弄清影，何似在人間。轉朱閣，低綺戶，照無眠。不應有恨，何事長向別時圓？人有悲歡離合，月有陰晴圓缺，此事古難全。但願人長久，千里共嬋娟。

「明月幾時有，把酒問青天，不知天上宮闕，今夕是何年」，李白的詩裡也經常出現這些自在的元素，可是蘇軾沒有李白那麼孤傲，他很溫暖。「我欲乘風歸去，又恐瓊樓玉宇，高處不勝寒。起舞弄清影，何似在人間」，他或許覺得自己是天上的仙，要回到天上去。人世與天上可以這樣轉換，給人以自由、隨意的感覺。

接下來，他從月光的角度去描寫：「轉朱閣，低綺戶，照無眠。」月光穿過了紅色的樓閣，照進了有描畫的窗戶，照在失眠的蘇軾身上。「不應有恨，何事長向別時圓？」他在調侃明月吧？說你不應對人有所憎恨哪，為什麼會在人們分別時圓滿呢？對於生命的無常，我們根本無從了解，這時他帶出了最直接的句子：「人有悲歡離合，月有陰晴圓缺，此事古難全。」宋代直接觸碰了生命的無常性，他們不避諱這個話題，可是也不因此而悲哀。對於生命「空」和「無常」的狀態，蘇軾直接去寫，完全不做任何的修飾。到了結尾，他寫出「但願人長久，千里共嬋娟」，表示他還是有願望，他不會因為無常而變得沮喪、絕望，這和五代詞是非常不同的。所以我們說，蘇軾建立了北宋另外一種開闊，另外一種豁達。

第六講

從北宋詞到南宋詞

具備美學品質的朝代

宋詞有一種很奇特的對於生活的享受或者是欣賞的品味

在講南宋詞之前，我們先談談三位生活在北宋和南宋之間的詞家，他們是秦觀、周邦彥和李清照。

我們知道，宋代是一個特別具備美學品質的朝代，它不那麼強調戰爭和武力，而是積極地去建立文化。當我們以過去比較傳統、保守的歷史觀來看待宋代的時候，常常會認為是「積弱不振」。可是，我想今天全世界對歷史觀都進行了調整，認為人類能夠避免戰爭，處在和平的狀態，使得文化可以進步，是一件非常重要的事。正因為這樣，宋代的文化觀在現代也具備特殊的意義。

宋詞有一種很奇特的對於生活的享受或者是欣賞的品味。在歷史發展中，我們可以看到，當人類不把自己的心血、精力、錢財用在戰爭上，而是轉到文化上的時候，可以發展出非常正面而驚人的力量。

霧失樓臺，月迷津渡

如果一個人處在生命的緊張或者恐慌中，處在對功利的焦慮或者期待中，他會看不見霧，看不見月

很多文學作品賞析中會提到秦觀的八個字：「霧失樓臺，月迷津渡。」那麼他到底要傳達什麼意思呢？我們都見過霧，可是他用了一個「失」字，有點「迷失」的意思，好像感覺到霧在樓臺裡飄蕩，彷彿在找什麼東西，可是沒有找到之前，會有一點失落。他把霧做為主語，好像霧失落在這樣一個樓臺，在等待什麼，尋找什麼，渴望什麼。其實是他自己在渴望，可是他把主語由「我」換成了「霧」。如果不是一個承平的年代，如果不是一個文化對於人性有更高啟發的年代，大概不太容易出現「霧失樓臺」這樣的句子。

「月迷津渡」，古代把河流的渡口叫作「津」。我們也常常坐渡船，可是秦觀坐渡船的時候，忽然感覺到月光好像迷失在渡口，迷失在河面上。和霧的現象一樣，他覺得月光好像在找什麼東西，在眷戀什麼，所以用「月迷津渡」。

「霧失樓臺，月迷津渡」的關鍵在於兩個動詞，一個是「失」，一個是「迷」。秦觀把生活裡好像很紛亂的現象變成了詩意的感覺，他把自我介入了。今天我們身處的環境中也許可以感覺到「霧失樓臺」、「月迷津渡」，可是我們感受它們的心境沒有了。如果一個人處在生命的緊張或者恐慌中，處在對功利的焦慮或者期待中，他會看不見霧，看不見月，看不見霧在樓臺上的瀰漫，也看不見月在津渡上徘徊。

其實詩應該產生在生活的某一個情境中，這個情境可能在二十四小時裡會有一分鐘、兩分鐘，在剎那之間有靈光一閃——如果二十四小時都出現，那大概也很麻煩，會覺得從詩回不到現實了。

音樂性與文學性

蘇軾能夠把詞從音樂性裡面釋放出來，擺脫掉音樂性的牽扯

北宋詞和南宋詞之間最大的不同，關鍵在於秦觀、周邦彥和李清照。李清照對蘇東坡有很重的批評，她說詞本身有音樂性，若要填詞，就要把某個字放進某個音當中，可是蘇東坡這個傢伙填詞連音韻都不管，常常不協律。周邦彥和李清照都是精通音律

的人，尤其是周邦彥，他本身是一個音樂家，可以「自度新腔」，比較之後，他會認為之前的蘇軾，甚至更早的歐陽脩或者晏幾道在音樂性方面都不夠準確。

我們知道詞由兩部分組成：文學和音樂。從音樂來看一首詞，還是從文學來看一首詞，會產生不同的評價。我們下面會講到姜夔的〈長亭怨慢〉，大概在廣東的語言當中還可以唱，還保留了一點音樂性，其他的大概都沒有保留了。然而，閱讀的感覺和聽歌曲的感覺是截然不同的。

後人把周邦彥比為杜甫，認為周邦彥是北宋詞的一個集大成者，稱他是「兩宋之間，一人而已」，即北宋和南宋最好的詞家就是周邦彥。這是從音樂的角度來講，是指周邦彥詞在音樂性上的準確。

我們現在是在講文學史，是在講文字的美學，其實有一點避開了音樂的美學，可是我們不要忘記詩和詞的音樂性是非常重要的。我們以後會講元曲，元曲的音樂性和文學性結合得很緊密，在舞臺上有動作來配合唱腔，所以元曲的劇本不是為了供人閱讀，它是演出的腳本。

如果從文學性上來講，蘇軾很可能比周邦彥還優秀。李清照批評蘇軾「不協音律」，可是所謂的不協音律，是因為蘇東坡根本沒有想到以音樂傳世，他想到的是以文學傳世，所以他創作的東西是閱讀性的。或者我們反過來講，蘇軾使得詞的文學部分脱離了音樂的束縛。

周邦彥和李清照在北宋末期非常執著於詞必須回到詞的本身，李清照甚至認為如果詞寫得像詩是不對的，因為詞本身有詞的規格，詞就是要和音樂有一個複雜的配置關係。李清照大概是最早對有關詞的理論提出很多觀點的，她有自己獨立的觀點和判斷力。但是我仍然很欣賞蘇軾能夠把詞從音樂性裡面釋放出來，擺脫掉音樂性的牽扯。

我們可以透過「五四」前後所謂的現代詩或者新詩來做比較，會發現大多是閱讀性的，它和音樂性的關係幾乎脫離了；聽覺性的部分被拿掉以後，會產生另外一個效果。像是我們看到有一些詩人是很講究視覺性的，台灣早一輩的詩人像林亨泰、白萩等人就做過很多視覺詩的實驗，比如白萩這首〈流浪者〉的節選：

望著遠方的雲的一株絲杉
望著雲的一株絲杉
一株絲杉
絲杉
在
地

一
株
絲
杉

平線上杉在地平線上

這首詩從直排到橫排，都會產生視覺性。因為漢字可以排列，所以有所謂「圖像詩」的概念。我們看到詩詞創作的可能性其實非常大。

但如果要把現代詩拿來朗誦，就必須確定「念」在聽覺上能產生一定的意義，它在廣義上還是有音樂性，但又不一定是平仄或者說入聲、上聲的問題。在咬字的過程當中要讓這個音韻產生一定的跌宕，或者產生一定的傳達性。關於詩的視覺性和聽覺性的問題，我們可以在北宋詞和南宋詞之間做一個考量。

文學的形式有時代性

文學有它自己的時代性，也就是在某個時代裡面它特別擅長以某種形式來表達

經過周邦彥和李清照等人的努力，詞被定位成為文學上的一個特定範疇。它與詩是不同的文體，不能混淆。蘇東坡最好的句子常常是詞，而不一定是他的詩，可是蘇東坡其實寫了很多詩。我們會發現，在北宋和南宋，詞變成主流，詩不再是主流。有點像元代曲變成了主流，可是元代也有很多人寫詞。

文學有它自己的時代性，也就是在某個時代裡面它特別擅長以某種形式來表達。文學剛剛萌芽的時候，形式是不穩定的，李清照和周邦彥致力於整個北宋詞的整理，並把北宋詞提煉成為一種形式。從五代到北宋初年，詞在它的摸索階段，這個時候一種文學體裁的創造力反而是最大的。它常常是有感而發，但是由於還沒有找到一個適當的形式，作者試圖要把他的情感放進這個形式的時候，就會產生矛盾和尷尬，而這個矛盾和尷尬也就是李清照同周邦彥所講的「不協音律」。

例如蘇軾的〈江城子〉：「十年生死兩茫茫，不思量，自難忘。千里孤墳，無處話淒涼。」它是口語化的，我們念起來琅琅上口，會覺得它沒有經過特別雕琢。可是到

周邦彥和李清照的時候，他們太講究字和音之間的關係，形式已經完美化了。而形式一旦完美化以後，我們假設所有寫詞的人在十幾歲剛剛開始要練習寫詞時，就讀到了李清照批評蘇軾的文字，他就會很在意：我不可以像蘇軾那樣「不協音律」。他就會先入為主，讓形式超過了內容。

形式上的完美主義者

那是生命在發生這個事件的時刻，知道應該以文學或者藝術的方式來面對生命的狀態

北宋後期，大概在徽宗朝前後，的確是承平太久，因而在文化的創造力上激發不出原創的、巨大的力量，它常常會變成在形式上講究完美。因此，拿周邦彥或者李清照去比較蘇軾等人，其實是不公平的。當然李清照有她的特質。第一，她是女性，在封建歷史當中，難得還能這麼有自信地以女性的美學建立起自己的文學觀。很多人把她和建安時期著名女詩人蔡文姬比較，我覺得基本上不同。蔡文姬是因為發生了事件才有了〈胡笳十八拍〉，她的作品是事件性的；可是李清照是在整個文學的鍾煉上根基

都表現很好。以詞的專業來講，她是一個大家。可是我們也不要忘記李清照是跨了北宋和南宋的，她的作品還是表現了時代的動盪，還是有事件性的。

李清照的〈金石錄後序〉是一篇非常動人的文章，敘述她嫁到趙明誠家前後的經歷。她和丈夫有共同的興趣，在文學上可以討論問題。當然，從文章裡面我們能看出李清照的家裡給了她很好的教育，過去的多數女性大概沒有這麼好的條件。這篇文章是她在宋室南渡之後對她與趙明誠共同生活的回憶。他們慢慢收藏了很多重要的古書、文物，後來，趙明誠死了，她自己帶著這些東西往南逃。透過這篇文章我們看到李清照也碰到了「事件性」。

在詞家當中，周邦彥的確是一個形式完美者。我覺得藝術形式上的完美者，往往不會在大眾當中有很重的分量，通常只會在專業範圍內被討論。對於大眾來講，看一張畫，讀一首詩，是不希望知道那麼多理論的，若要知道理論才會覺得這首詞或這張畫很好，畢竟有一點累。蘇軾的文學是從來不需要理論解釋的，不需要讀完一篇論文我們才知道〈念奴嬌〉這麼好，只要讀到「大江東去，浪淘盡，千古風流人物」，就會被他的文字感動，這時內容就比形式重要了。可是我前面也提過，內容主義者的「內容」不是自己刻意而求的，例如刻意去求亡國或坐牢，那是生命在發生這個事件的時刻，知道應該以文學或者藝術的方式來面對生命的狀態。

介紹了三位跨在北宋和南宋之間的詞人之後，接著要進入對南宋詞的介紹了。首先要提到的是南宋詞的一個代表人物——姜夔，他在形式上極度要求完美，他可以把文字雕琢到有點像是在雕一件精緻的玉器，給人晶瑩剔透的美感。可是對於大眾來講，要進入姜夔的世界非常難。什麼叫作「冷香飛上詩句」？他在追求一種感覺上極度細膩的經驗，把文字雕琢到像珠玉一樣細膩，這是他的優點，同時也是他的缺點。以我個人來講，我絕對是「蘇辛派」的支持者。所謂的「蘇辛」是指蘇軾、辛棄疾，我感覺到他們文字的豪邁，有一種直接的生命力量；而對於姜白石（姜夔），感覺他的字句好雕琢。可是姜夔在錘煉字、聲音、句子之中是有所貢獻的。

陽剛與陰柔沒有高低之分

有時候生活裡面只是小小的事件，只能令人發出一種低微的眷戀和徘徊

在偏安江南的朝代，像姜夔這樣生活在江南的人，並沒有選擇像辛棄疾那樣努力要北伐中原，唱出那種巨大的聲音。可是他選擇退下來去經營自己小小的生命空間。

此外，秦觀是「蘇門四學士」之一，非常受蘇軾的賞識。後來蘇軾被下放到南方，他們有一段時間沒有見面。蘇軾得罪當朝時，他的門生或者朋友往往一起被貶，秦觀也總是被牽連。蘇軾的貶官下放常常變成他挑戰自己豁達的一個方式，愈貶愈看到他的豪邁，愈看到他生命的寬闊。可是畢竟不是所有的生命都如此，秦觀有時就會讓人感到他很哀怨，沒做什麼，卻老被貶官，只是因為和蘇東坡較為親近。所以他的作品裡面有一種幽怨，那種幽怨很難解釋清楚，為什麼它是「霧失樓臺」，為什麼是「月迷津渡」。在他詞句的意境當中，我們會覺得大自然中的一切都是在迷失的狀態，可是對於迷失他又不像蘇東坡那樣有大的憤怒或者大的激情，他常常只是低低的哀歎。這低低的哀歎被蘇軾看到了，就批評秦觀說：「不意別後，公卻學柳七作詞」，意思是說他有一點忸怩作態了。

也許在我們年輕的時候——就像我，個性上是傾向蘇辛的，傾向於詩詞豪邁和陽剛的部分。可是如果我們今天很公正地從美學本身來講，陽剛的美和陰柔的美是無法判定高低的。我們的生命有時會有一種大時代的遼闊，要去發出大的聲音，可是有時候生活裡面只是小小的事件，只能令人發出一種低微的眷戀和徘徊。在美學上，大與小只是兩個中性的名稱，並沒有好壞的意思。

我總提到自己年輕時喜歡的那一類文學，像李白式的，像蘇軾、辛棄疾式的，你會看到它們有一個系統，這個系統常常是走出書齋的，把生命置放在大山大河當中，去歷練出生命的情操。他們和我們現在講到的秦觀、李清照、周邦彥是不一樣的，後者是在書房、書齋當中。像李清照，在那個時代中女性能夠到的地方其實非常有限，她可能連柳永等人能夠到的歌樓、酒樓都不能去，所以她的文學和對生命的理解當然會受限。像辛棄疾作品裡面關於沙場的經驗，或者流浪的經驗，李清照不可能有，如果用這個來要求李清照，其實就不公平了。

一旦講求形式，也就是沒落的開始

高峰之後一定要下坡了，下坡時期的重要表現就是它開始雕琢形式

希望大家可以了解，北宋詞轉到南宋以後，它勢必發展成形式主義的狀態。而且從詞的歷史來看，一旦開創性的年代過了以後，就要開始去錘煉它的形式美，這也是它沒落的開始。詞這種形式如果到了強弩之末，一定會有一個新的東西代替它，這個新東西就是戲曲。

在南宋的時候戲曲已經開始萌芽了，只是到元代的時候才真正成為主流。關漢卿、馬致遠這些人代替南宋的詞家，成為了新的文學創造者。元曲與表演藝術、與音樂性產生了更大的結合，也就是說，一首詞，或者一支曲，已經不只是個人寫完就完成了，它必須交到其他人手上，經過伶工唱腔和動作表演的詮釋才算完成。所以，如果只是看關漢卿的《竇娥冤》劇本，大概不會有那麼大的感動。

中國的詩詞在元代開始與表演結合，文學過渡到了戲劇。個人創作若能夠採用表演的方式與大眾交流，就會更為流傳。像明代的湯顯祖，他親自指導戲班演《牡丹亭》的時候，每一個句子寫完立刻就叫演員唱給他聽，做動作表演給他看。他不只是一個詩人，甚至還是一個導演了。

唐朝的詩人在酒樓上唱〈將進酒〉，只要自己拿著筷子敲著酒杯就可以唱起來；可是到詞出來的時候，就必須把句子交給樂工和歌女，彈著琵琶或其他樂器唱出來；到了元代、明代的時候，不只是歌手，還要有受過嚴格戲劇訓練的演員，由他們來表達，所以愈來愈複雜。過去很少有人從這個角度去看中國的詩詞史，因為我們只是用視覺在閱讀它，所以有時候不太容易了解，作者為什麼這樣寫。

我們今天看北宋詞過渡到南宋詞的轉變，一定要回到那個時代的立場去理解它，才能給它定位，不然就會覺得詞在沒落——當然詞過了自己的高峰期後，也自然會沒落。什麼叫作高峰？文學的形式和內容達到最平衡的狀態是它的高峰。它有一個草創時期，然後到高峰，高峰之後一定要下坡了，下坡時期的重要表現就是它開始雕琢形式。姜夔等於是南宋詞的一個收尾，氣力微弱了，格局變小了。但這也是因為他就在杭州西湖岸邊，他當然無法寫出像天山風光或塞外體驗這樣大的東西。

周邦彥觀察一片荷葉上的露水，那些露水在陽光出來以後怎樣慢慢乾掉，一片一片的荷葉又是怎樣剛剛從水面升起來，「水面清圓，一一風荷舉」，他寫很小的空間，可是有它的意義，也有它的價值。即使在今天，有時候我們去感受一下「霧失樓臺」，感受一下「月迷津渡」，會發現那是我們所處的這個時代裡一種美學上的品格。

向兩極發展的美學品格

文化的創造力其實在於它是不是有對於心靈空間的尊重

美學的品格會往兩極發展。一個部分是要在一個好像受壓抑的時代裡面努力去發大的聲音、高亢的聲音，可是另外一部分覺得「我認了，我就是一個小小的格局」，它就發展出另外一個東西。這是兩種美學，將來就看這兩種美學究竟哪一個會領先。

文學、美學其實和它的時代之間有非常必然的關聯。我們大概不能夠要求一個藝術創作者勉強發出他自己內心沒有感覺到的那個部分。例如：辛棄疾的聲音雖然很豪邁、很遼闊，可是如果拿辛棄疾和李白來比較，會覺得最大的不同在於李白背後有一個大唐。打個比方，帕華洛帝（Luciano Pavarotti, 1935–2007）要發高音很容易，因為他的底氣很厚；但辛棄疾底下是薄的，所以發出的聲音很淒厲。當高音發不出來，底氣不夠的時候，聲音就會變得很淒厲。其實辛棄疾的詞作，仔細去聽，他寫到送荊軻，「滿座衣冠似雪」，裡面都是淒厲。雖然有「壯」的部分，可是那是悲壯，好像隱約感覺到那個聲音要發到那麼高會好費力。這也許就是最後姜夔去唱那種小小的歌聲的原因。所以，南宋詞成了一種比較細微、比較封閉、有一點無力感的內在世界的美學。

南宋時期，北方是金和西夏，打仗都來不及，可是南宋文人在西湖邊寫出了最美的文學，創作了最好的繪畫。就像東晉王羲之寫出了最好的書法，顧愷之畫出了最美的繪畫，從中我們會發現文化的創造力其實在於它是不是有對於心靈空間的尊重。文化可以避開現實的一些限制和束縛，可以有極大的突破性，在心靈上產生很大的自由。

所以我們看到，在歷史上，東晉的文化、南宋的文化（也就是所謂的偏安朝代的文化），都超過北朝。「北朝」常常忙於戰爭或者現實政治，它在文化上沒有辦法贏過「南朝」。從竹林七賢到王羲之，直到今天我們講的南宋，我們再一次看到偏安江南的這些朝代當時在文化上重要的創造力。

第七講

秦觀、周邦彥

優雅文化的發達

在一種和平、穩定的政治狀況當中，它可以去經營文化了

宋代後來的帝王開始追求一種文人的優雅，在服裝上就和唐的帝王非常不一樣。宋太祖本身是武將出身，卻以「杯酒釋兵權」來防範軍人，反而對文人有一種特別的尊重。也因為這樣，他自己所有的服飾、品貌都追求一種淡雅和素樸，這明顯帶動了整個社會風氣。

宋代是怎麼從開國時的一種軍人文化，慢慢轉變出它優雅的部分來？台北故宮曾很難得地展出了真宗皇后的像。她的帽子上鑲了很多珍珠，那種鑲飾是很華麗的；椅子貼著金箔，旁邊垂掛流蘇，非常講究。在宋代，女性與男性的文化有一點不同，文化中華麗的部分常常放在女性的文化裡去發展。這一類作品大概是台北故宮最不常展出的，因為它破損得嚴重，上面又貼了純金箔，是當時宮廷裡面貴重的東西。

宋真宗朝是一個關鍵的時代。太祖、太宗朝都有開疆拓土的內容，太宗完成了統一，把吳越和北漢滅掉了。真宗的時候有「澶淵之盟」，這個和約使得北宋延續了一百多年的安定，沒有出現大規模的戰爭，促成了北宋的相對穩定。真宗之後，到仁

宗、神宗朝，才有真正的最繁榮的文化創造出來，開創一個和平的百年是非常不容易的事情。

仁宗朝大概是宋朝最繁榮的時代，也是歐陽脩、蘇東坡、范仲淹等人生活的時代，文化水準非常高。在一種和平、穩定的政治狀況當中，它可以去經營文化了。

宋代文化的最高潮是在徽宗朝，不僅是書法，器物的製作也達到了顛峰狀態。北京故宮博物院有一幅《聽琴圖》，就是描畫徽宗的形象。宋徽宗的琴彈得極好，《聽琴圖》是送給他當時的一個寵臣的，上面有一些題字。他穿著這麼素雅的衣服，在皇宮的園林中，在松樹底下彈琴，哪裡感覺得到他是帝王。

台北故宮的文物裡面也有很特別的資料，比如宋與契丹的國書。宋朝是中國歷史上少有的可以平等對待周邊民族的朝代，彼此有使節來往。當然這是因為別人也很強，所以它不得不平等——唐朝就少有這種「平等」。台北故宮的宋代文物展出讓我們看到，宋朝非常懂得談判，懂得訂和約，懂得怎樣保持比較長久的和平狀態。

當時的大理國（今雲南、四川西南一帶）是獨立國家，有一個畫佛像的畫工叫張勝溫，他的作品也曾在台北故宮展出過。張勝溫可能是宋朝過去的畫工，由於不打仗了，能夠彼此來往。台北故宮宋朝文物大展裡的很多東西，會讓我們重新去定位這個朝代。它同周邊很多政權之間的互動關係非常微妙。張勝溫佛畫的細節非常寫實，對於我們了解雲南這個地區過去獨立的文化和政治是非常重要的資料。唐朝把外族畫得很醜怪，都是來進貢的。可是宋朝會保留一張來自和它平等的一個獨立國家的畫，現在很多人在研究這張畫。

宋代還出版了大量的書籍，開始使用活字印刷術。活字印刷術要到元朝以後才傳到歐洲，德國人用它來印《聖經》，那大概要晚了三四百年。活字印刷引發了西方文藝復興運動，而在宋朝時已經非常普遍。宋代的文化和教育成就這麼高，與書籍出版很有關係。

台北故宮的宋代文物大展非常用心，不僅展出書法、繪畫，還展出了很多宋朝的收藏品。比如，我們透過展覽才知道孟子的書在宋朝已經那麼普遍，民間都在讀了。唐代的文人大部分還是貴族出身，如果家境不好就很難讀書，可是宋代的教育已經普及到了一定程度。

歐陽脩當時收藏了很多古代的碑，然後整理為《集古錄》；趙明誠、李清照夫婦也寫過《金石錄》。宋代對於古代文化有歷史感，覺得這些東西不可以隨便讓它荒廢，要把它收藏起來，而且做研究，這是歷史學、考古學的觀念。此外還有私人修史，如司馬光用十九年的時間寫《資治通鑑》。我們過去對朱熹的印象也許是一個刻板保守的學者，可是看他的書法，筆力之雄強，氣度之弘大，讓人感覺到他在文化上的自信是非常驚人的。這些都說明宋代的文化不可等閒視之，它有很不同於其他朝代的特質。

雕版佛經在當時的民間也非常流行。五代十國中的吳越曾將佛經用木板刻出來，大量印刷。我們知道雕版印刷術是在隋朝發明的，現存最古老的雕版印刷品是唐咸通九年印製的《金剛經》，可是真正普及起來是在宋朝。因為當時不打仗了，可以把很多經費拿來做文化工作。印版先要一個字一個字雕出來，然後印刷，需要投入很多財力和人力。雕版印刷的文字、圖繪書籍開始慢慢出來。在現今世界的拍賣市場上，宋版書的價格是非常高的。

宋朝整個民間對於歷史出現了興趣，所以他們會仿製商周的古銅器。一個時代的文化如果具有歷史感，它會發現改朝換代只是政治的改換，可是文化是累積延續的。宋代覺得要繼承商代和周代的文化，他們會重新學習金文，學習銅器的規格，其中有很重要的文化象徵意義。

硯臺是文人在書房桌案上擺放的一個簡單工具，它其實就是一塊石頭，可是古人會優雅到去尋找很美的石頭。譬如說端硯，它有名是因為不僅質地非常細，不傷毛筆的毫毛，而且發墨。所以端溪裡的石頭——端石，就變成了硯臺的一個重要來源。我們看它就是一塊石頭，文人藉著這個硯臺，卻可以感受到石頭與河流之間的關係。

宋代古琴保存到現在的已經非常少了。古琴的共鳴非常小，能夠傳達出去的聲音不大，也就是說它的表現力較弱。那是文人拿來修身養性的東西，換句話說，琴最重要的不是彈給別人聽，而是彈給自己聽。在彈琴的過程中去修練自己的呼吸，調勻自己整個氣的流轉，讓自己能夠定下心來，在自我世界中完成聽覺上的沉靜力量，讓琴與自己的呼吸或者心跳之間產生奇特的交流。琴變成文人生活中必備的部分，它不是用來炫耀的，而是一種內斂的精神。

「橋畔垂楊下碧溪，君家元在北橋西。來時不似人間世，日暖花香山鳥啼。」這是南宋詩人吳琚的詩，用非常漂亮的書法寫出來，現在收藏於台北故宮。大家看到的南宋詞基本上是這樣的調子。日暖、花香、山鳥啼，其實都不是大事。當然也有辛棄疾在寫金戈鐵馬。太陽出來了，花在開，鳥在鳴叫，其實是把人放回自然裡。我們從這個角度去看南宋的時候，會有比較不同的心境。

桃源望斷無尋處

尋找生命的定位時伴隨著徬徨和徘徊，這使得他常常產生一種無奈我們來看秦觀的〈踏莎行・郴州旅舍〉。

霧失樓臺，月迷津渡，桃源望斷無尋處。可堪孤館閉春寒，杜鵑聲裡斜陽暮。
驛寄梅花，魚傳尺素，砌成此恨無重數。郴江幸自繞郴山，為誰流下瀟湘去？

秦觀是「蘇門四學士」之一，曾受蘇軾牽連被貶官，遭遇滿辛苦的。因為有這樣的經歷，所以秦觀的作品中有一種孤獨，有一點點低沉，有一點點好像講不出來的愁緒。這種淡淡的憂愁，剛好是他的特徵。

我特別用「霧失樓臺，月迷津渡」這八個字，做為其作品的美學特徵。他好像一直在找一個桃花源世界，一直在找一個他自己覺得最理想的領域，可是「桃源望斷無尋處」，始終找不到，所以他其實是在一種迷失的狀態。第二次世界大戰期間，海明威等人被稱為「迷失的一代」，說他們有什麼大悲痛，好像也沒有。秦觀也只是在尋找生命的定位時伴隨著徬徨和徘徊，這使得他常常產生一種無奈。「桃源」象徵了中國文人的理想。陶淵明認為那是個理想境遇，可是那個境遇是找不到的，所以「可堪孤館閉春寒」，變成自己孤獨地封閉著。

每個詩人都有自己最愛用的那幾個字

單字本身是它真正的質感所在，形成了特定的美學意義

我們在閱讀文學時慢慢會發現，句子本身可能是了解詩人的一個方式，可是更重要的是單字，我覺得單字本身是它真正的質感所在。比如說，秦觀常常用到「迷」、「失」、「閉」、「孤」這一類字，這些字本身就形成了特定的美學意義。譬如李白很喜歡用「金」、「歌」、「酒」這一類字，它們也會產生不同的質感。

如果是另外一個詩人，他可能也會寫「霧」，寫「樓臺」，寫「月」，寫「津渡」，可是不會用「迷」，不會用「失」。像是張若虛寫〈春江花月夜〉，就沒有用「迷」字。秦觀用「孤」去形容「館」的時候，那種客棧流浪者的孤獨感馬上就出來了。這裡其實在講告別，可是他沒有明講告別了誰，詩人有時候是借助於一個事件（可能是真的與朋友告別而去寫詞），但是真正寫到的東西是生命裡面比較本質的流浪意義。所以我們常常說，文學裡的流浪意識是一個生命的自我放逐性，它並不特指某一次與某一個人的告別和流浪。

「杜鵑聲裡斜陽暮」，這是對一個情景的描畫，感覺到春天的寒冷與落日的餘暉，

有一點哀傷。大家可能會感覺到秦觀的哀傷都不重，全是淡淡的，好像他生命裡面就是淡淡的哀愁。後面大家會愈來愈體會到他生命中的無力感和無奈感，他都沒有講造成自己悲痛的具體事件，只是描摹心情。

「驛寄梅花，魚傳尺素」，透過驛站去傳送梅花。漢樂府〈飲馬長城窟行〉裡有「呼兒烹鯉魚」，其中的「鯉魚」是用木雕的魚做的函，然後把寫在尺素上的信藏在這個魚函當中，所以「魚傳尺素」是在講信。和朋友告別後，會投寄書信來進行聯絡。「砌成此恨無重數」，一封一封的信只是堆砌成更大的遺憾，更多的恨，更多的哀愁，因為不能見面。

「郴江幸自繞郴山，為誰流下瀟湘去？」秦觀一直來往於客觀與主觀之間。客觀的是什麼？郴江和郴山。可是「為誰流下」是主觀的。一開始的「霧失樓臺，月迷津渡」就有把客觀轉成主觀的意義。生命裡面剎那之間出現詩的情感，常常是因為我們發現所有看起來無生命的東西全部在此刻變成有機的、有生命的狀態。一朵花的開放，一隻鳥的鳴叫，一次潮水的上漲，一條河流的流去，都會變成與心情之間的對話關係。

「流下瀟湘去」是告別，可是「繞」本身是眷戀，所以當我們看到「郴江幸自繞郴山」的時候，那個「繞」本身已經有情感在裡面了。「繞」是詩人用字的一種講究，我們可以説「繞」是客觀的，可是詩人在這裡講「繞」時有纏繞的意思，那它就不是客觀的，而是變成主觀的了，似乎那條河流正在無限深情地繞過那座山，去環抱那座山。從中我們可以看到在文學裡面，字和句的運用本身如何去跨越主觀與客觀。

「瀟湘」在古典詩詞裡是非常具有典故性的。上古時代舜的兩個妃子，因為夫君之死而流淚，眼淚斑斑點點的留在瀟湘兩岸的竹子上。據説我們現在看到的湘妃竹上的斑點，就是她們的淚痕。郴江最終匯入湘江，好像匯聚成一種浩蕩的女性淚水的哀愁。

「大典故」

在文學裡用得最好的典故是化掉的典故

我們在閱讀詩歌的時候，常常會感覺到背後有很多典故。我們前面説過，歷史中的改朝換代，一朝一代可以切斷，可是文化永遠是延續的。比如，只要碰到「瀟湘」就會想到它的象徵意義。兩千多年來，《楚辭》裡賦予「瀟湘」的意義，延續到秦觀寫的「瀟湘」，延續到《紅樓夢》裡林黛玉住的「瀟湘館」，黛玉這一世就是來還淚水的，而她寫詩的時候也自稱「瀟湘妃子」。我稱這些為文化傳統。漢字的傳統，包括我們自己的名字在內，構成了延續的力量和重疊的力量，這個部分如果不被看到，我們就不知道生命真正延續的是什麼。再比如「桃源」，它是文人在戰亂中對於「理想國」的懷念，後來變成了傳統，到了秦觀還在講桃源。

李清照認為秦觀不太會用典故，可是我覺得典故並不像李清照講的那麼絕對。在文學裡，有的典故會變成「大典故」，具有更廣大的意義。比如「大江東去」就是一個大典故，在這裡水變成了象徵。就像孔子在水邊說「逝者如斯夫，不舍晝夜」，後來大家都用水作象徵。「自是人生長恨水長東」，「問君能有幾多愁，恰似一江春水向東流」，也是在用水做象徵。

李清照的《詞論》是她在年輕時寫的。從中可以看到女性大膽獨立的個性，可是有時候也有一點過頭，比如她批評蘇東坡「不協音律」，說蘇東坡的詞句「句讀不葺」，還認為秦觀作品中典故用得不多。然而，我認為在文學裡用得最好的典故是化掉的典故，比如我們讀到「瀟湘」的時候，不見得要清楚它的內涵，可是這兩個字本身就形成一個意義，給人一種深情與哀怨的感覺。

在「白話文運動」中，胡適所主張的「八不主義」裡有一條就是拿掉典故。可是我覺得文學不可能完全拿掉典故，像「自是人生長恨水長東」，它似乎不是典故，但又是典故，因為它把水的文化放進去了。這樣的典故我稱之為「大典故」，它不是狹義的。

〈踏莎行〉裡面的「津渡」有沒有典故的性質？我們常常講生命的渡口，這裡的「渡口」本身就有象徵意味。「桃源」很明顯也是典故，「桃源望斷」就是一直等待著、眺望著桃花源世界，只是找不到。「桃源」可能還是屬於東方文化的典故，不太能直接翻成「桃」和「源」各自對應的英文，而要用「烏托邦」一類的表達，《烏托邦》是英國人湯瑪斯・摩爾（Thomas More, 1478–1535）描寫最美好、最理想的虛構世界的一本書。典故有時有地理上的限制，有時卻可以擴大，像「津渡」、「水」，我覺得它們可以變成世界性的典故了。但是「桃源」可能還是有它的地域性。

耽溺之美

有一種美正是耽溺的，屬於頽廢美學的範疇

下面這首〈浣溪沙〉是秦觀流傳很廣的一首詞。

漠漠輕寒上小樓，曉陰無賴似窮秋。淡煙流水畫屏幽。
自在飛花輕似夢，無邊絲雨細如愁。寶簾閑掛小銀鉤。

從李清照的角度來看就會覺得這首詞太不工整，而且沒有用到「典故」。可是秦觀其實就是在講自己非常微不足道的一個感覺。他只是在講一種閒愁，一種無事的狀態。「漠漠輕寒上小樓」，上樓算一個事件嗎？天氣有一點淡淡的寒冷，秦觀用「漠漠」形容「輕寒」，他的詞都在傳達生命經驗中一種淡淡的迷失的狀態。「漠漠」和「迷」、「失」意義是相類的，「漠」本身的發音、形態和內涵，都是一種不清楚的狀態，就像秦觀的愁緒一般。他的不開心沒有特殊原因，就是在「漠漠輕寒」中走上樓去。

可是在宋代的文學裡，「無賴」是常常被用到的一個詞，有點「慵懶」的意思。我對它的比較口語化的翻譯是「好像什麼都提不起勁來」。其實我們生命裡面是有這樣的狀態的。「曉陰」，早上起來天氣陰沉沉的，不是晴也不是雨的那種。剛才講「無賴」可以形容人，可是這裡「無賴」又像形容天氣。「似窮秋」，好像秋末的感覺，淡淡的。

我們要把一個不像感覺的東西寫出感覺，其實非常難。我們常常會覺得「十年生死兩茫茫」感人，可是它背後有一位已經去世十年的妻子，有一個事件在引發心情，它是有所依附的。也許我們常常覺得某一種心情很怪，卻不曉得怎樣去確定它，怎樣用文字把它表達出來。那大概就是秦觀這種淡淡的憂傷。

「淡煙流水畫屏幽」，淡淡的煙，有一點像「霧失樓臺」。可是，這裡的「淡煙」和「流水」都不屬於自然界，而是他床邊畫屏上的。宋朝人常常用屏來分隔房間，上面通常有山水畫。所以秦觀看到的「淡煙流水」是屏風上的畫，非常幽雅、非常素淡的一幅畫。他始終就在自己的房間當中，有一點煩悶無聊，生命不能擴展出去，或者說是一種沉湎、耽溺的狀態。

有一種美正是耽溺的，屬於頹廢美學的範疇。李白的美不耽溺，但李後主、李商隱和秦觀的美，都有一點耽溺。秦觀最耽溺的句子是「自在飛花輕似夢，無邊絲雨細如愁」，把一個庸常的情境定位得這麼清楚。「飛花」是一個現象，但是「自在飛花」產生的感覺就不一樣了。可是如果只有「自在飛花輕」這幾個字，還不能表達飛花產生的迷離——這種迷離好像是詩人對自己前世的回憶，於是「夢」這個字出來了。夢好像可以琢磨，又好像不能琢磨，白居易也有「花非花，霧非霧，夜半來，天明去」

的詩句，這又是一個典故。白居易已經在講這種感覺了——「來如春夢不多時，去似朝雲無覓處」，秦觀寫「自在飛花輕似夢」的時候不一定會想到白居易的詩，可是這個意境已經進到他的血液裡，自然就出來了。

《紅樓夢》裡面也有類似的情況。比如寫春天到了，花在飄落，黛玉心生感傷，一邊葬花一邊唱出了〈葬花詞〉：「花謝花飛飛滿天……」「花謝花飛」，兩個「花」字中間隔了一個「謝」字，可是「飛」和「飛」連在一起，節奏是加快的，兩次重複「花」，兩次重複「飛」，形成了這七個字主要的節奏和力量。從白居易到秦觀，再到曹雪芹，他們用的元素是一樣的，白居易用「花」、「夢」這些字眼，秦觀也用，曹雪芹也用。三個相隔這麼久的人的作品——一個是唐詩，一個是宋詞，一個是清代的小說，這些元素的變化只是一點點。所謂創作，就在於和古人的像與不像之間，它有所繼承，可是又必須是變化的，這就是文化傳統。

「無邊絲雨細如愁」，春天江南的細雨，好像有，又好像沒有，絲絲飄落。其實雨和愁本來是無關的，可是雨和細有關，和絲或像絲一樣的東西有關。唐朝李商隱寫「春蠶到死絲方盡」，其中的「絲」變成了一個象徵，變成了愁緒，變成了牽連不斷。李後主講「剪不斷，理還亂」也是以絲為喻。秦觀再一次把「絲」拿來做為象徵去講愁緒，從圖像連接到心情。他必須確定是絲雨後，再用「細」去形容雨，再把

「細」連接到「愁」，其中有詞的邏輯。

再造美學空間

文人好像很滿足於自己小小的書房空間

「自在飛花輕似夢，無邊絲雨細如愁」講出了一種很奇特的心情，似乎一讀到這樣的句子，就會回想起自己在春天來的時候，在濛濛細雨中有過的落寞——不是快樂，也不是不快樂，是介於兩者之間的一種很難形容的感受。它被「自在飛花」和「無邊絲雨」形容出來了，它和蘇軾寫的「大江東去，浪淘盡，千古風流人物」是不同的感覺。其實蘇軾的那種遼闊、壯大的感覺，我們反而不那麼容易碰到，而「自在飛花」、「無邊絲雨」卻是我們身邊常常有的，容易被感覺到。

「寶簾閑掛小銀鉤」，這個結尾非常有趣。古代的床是用簾子圍起來的，不用時便拿銀鉤隨便掛起。秦觀始終沒有離開自己的床，沒有離開自己的房間。所有外面的景象，包括「無邊絲雨」和「自在飛花」，都是他隔著簾子、隔著窗戶看到的。

上闋結束時，他在屏風旁邊；下闋結束時，他在床上。我們看到這時候的詞與北宋開國時不太一樣了，文人好像很滿足於自己小小的書房空間，桌案上有一個硯臺，一些書卷，或者一些畫等等，這個書房空間也變成文人自己再造的一個美學空間。

能夠大眾化的、比較平淡的情感定位，它必定在文學上是有意義的。它與庸俗化的方式，尤其是商業化的方式，還是應該隔離一下。有一年我到日本，在飯店旁邊有一條種滿櫻花樹的小路，我走在那邊，當花瓣掉落一身的時候，就想到「自在飛花輕似夢，無邊絲雨細如愁」這個句子，它其實是美學經驗當中一個共通的東西。對於風花雪月的美學理解，我想有助於我們對秦觀的定位。

小楫輕舟，夢入芙蓉浦

周邦彥的東西似乎予人以某一種不滿足感，好像只能從音樂性去解釋這些句子的存在性

下面是周邦彥的〈蘇幕遮〉。

燎沉香，消溽暑。鳥雀呼晴，侵曉窺簷語。葉上初陽乾宿雨、水面清圓，一一風荷舉。
故鄉遙，何日去？家住吳門，久作長安旅。五月漁郎相憶否？小楫輕舟，夢入芙蓉浦。

「燎沉香」的「燎」如果單拿出來說，是一種祭奠儀式，在台灣原住民的祭奠當中常常看到燎，印第安人也有燎，我們叫作「燎祭」。三星堆其實就是燎祭的遺址，出土的那些銅像是燒完以後埋起來的。可是這裡的「燎」是動詞，意為細細焚燒。沉香可能是沉香末，「燎沉香」是文人生活中的一種點綴。一方面可以驅趕蚊蟲，同時又會讓身體產生很舒服的感覺，另一方面則是嗅覺的欣賞。

「燎沉香」——我們從第一個字就看到文人的世界。蘇軾很少講「燎沉香」之類，他很少形容這種很家庭的、室內的小事件。可是到了北宋跨南宋的時候，我們會感覺到詞作中傳達的經驗都是比較小的。一個文人把香末放到香爐裡，用火去點著，讓它燎起來，這種「燎沉香」的習慣，變成這一時期詩詞中的重要經驗。

「消溽暑」，夏天天氣很熱，有一點沉香可以讓自己神清氣爽一點。「鳥雀呼晴」，下過雨，剛放晴，在室內首先聽到的是鳥叫聲。這裡他用動詞的「呼」去叫出

「晴」，本來晴了以後才有鳥雀的叫聲，可是此處顛倒了一下順序，我覺得這算是周邦彥比較活潑的句子。他平常因為太重視音律，每個字放進去的時候，都有一點像在「刺繡」，令人覺得他的字句太刻意、太雕琢。可是「鳥雀呼晴」裡面還是有一些自在的。

「侵曉窺簷語」，他用屋簷底下的鳥叫聲編織出音樂性。這裡用了一個很有趣的動詞——「窺」。「窺」本身是一種小的動作，李白很少用，蘇軾也很少用。周邦彥的意思是從一個比較偏的角度去看東西，不是遼闊的視野，而是從細縫裡面、隔著簾子或者在屋簷底下。文學家用哪些字，是由他的心境、狀態決定的。所以如果要分析一個詩人，其實不見得要讀他整首作品，只消把他特定的某些字抽出來，大概就可以看到他的某些個性。

「葉上初陽乾宿雨，水面清圓，一一風荷舉」，荷葉上面是被最早的陽光曬過的「宿雨」，即前一夜的雨，這是非常細的經驗。我們看到，整個詞的感覺愈來愈傾向於這種小小的細膩的東西。

宋朝的瓷器和宋朝的詞作有很接近的地方。宋瓷不再講究色彩上的華麗，而是講究質感的變化。比如說哥窯，如果火溫太高，瓷器上的釉片會裂開。一開始釉片裂開的時候，製作者可能會認為這是一件不好的瓷器，就不要它了。後來有的人覺得丟掉可惜，這樣的人常常是藝術家，他反而很欣賞那個裂紋。也許他會揀起來，還放在案頭上欣賞它，也可能寫一首詩來歌頌這個瓷的裂紋。他甚至會研究怎樣刻意燒出裂紋，不同的火溫會裂出多少寬度，開片大概多大，是冰裂紋，還是開片最小的魚子紋。裂紋本來是敗筆，但這時它變成了一種美學。

這有點像我們欣賞葉子上面的陽光。早上第一道陽光把隔夜的雨照乾了，留下痕跡。發現淚水是容易的，發現淚痕卻不容易，因為淚痕並不容易看到，可是詩的意境常常是最後看到了淚痕。淚痕是什麼？可能是由心境中沉澱出的關心，一種更細膩的關心。

我們在研究宋代瓷器的時候，會發現很多名稱和宋朝詩詞當中所欣賞的意境非常像。「葉上初陽乾宿雨」其實是一個沉澱過的記憶，隔夜的雨在太陽出來以後就不存在了，可是我們還記得葉子上曾經有過雨水。它對生命中的情感或某些記憶，表達了一種深情，一種眷戀。透過這個部分我們明顯看到，在秦觀、周邦彥以及李清照的時代，這種情感開始慢慢在文學中沉澱出來，與蘇軾那些較為直接的作品比較起來，他們更多的是委婉的東西。

「水面清圓，一一風荷舉」描寫的是風中的荷葉，荷葉本來是貼著水面的，當它成長茁壯了以後，在陽光強的地方就會離開水面舉起來。詞人會觀察很多東西，比如陽光盛烈時荷葉的感覺；比如荷葉舉起來以後，風的感覺才會出來，因為它貼著水面的時候，風不見得能夠搖動它。台北故宮展出過一幅畫，描繪風吹過時，皇宮裡一個水池中荷葉的美，其意境和這個句子非常像。宋代的瓷器也好，詩詞也好，繪畫也好，它們之間有很多互通的精神。

「故鄉遙，何日去？家住吳門，久作長安旅」，這裡又回到了詩詞中常常出現的詩人流浪感。「故鄉遙，何日去」是說自己離開故鄉了，他的家在江蘇吳門，可是他常常住在北方。他這裡講的「長安」其實不是長安，而是指汴京，就是《清明上河圖》畫的那個城市。詩人常常借助地理上的遷動去描述心靈上的流浪感。

「五月漁郎相憶否？」有點像〈春江花月夜〉講的「誰家今夜扁舟子」，那個在面前忽然經過的划船的漁家。「小楫輕舟，夢入芙蓉浦」，周邦彥的東西似乎予人以某一種不滿足感。不滿足感是說他從起句到末句，中間沒有連接的關係，不知為何忽然跑出了「小楫輕舟」和「夢入芙蓉浦」，感覺有點拼湊，好像只能從音樂性去解釋這些句子的存在性。

秦觀的詞，就較有連接性，他在〈浣溪沙〉中寫自己「無賴」的感覺，三句對三句平均分配，「樓」、「秋」、「幽」，都是平的，沒有高潮。〈浣溪沙〉這樣一個調子，其實有一點單調。可是用這個「單調」去寫那種似有似無的感覺，剛好就對了。

所以我會覺得秦觀的東西非常有結構，可是以這個角度來看〈蘇幕遮〉的時候，周邦彥的文學結構性似乎是較弱的。

「兩宋以來，一人而已」，是對周邦彥的高度評價，這大概必須要從音樂性去解釋，在文學性上，我覺得他的結構完整性與呼應方面，恐怕受到太多音樂的牽制，為了「協音律」反而失去一些文學性了。

南朝盛事誰記？

南宋那種唯美的、感傷的，失去北方領土以後落寞懷舊的心情，已經慢慢出來了

我們再看一首周邦彥的〈西河・金陵懷古〉。

佳麗地，南朝盛事誰記？山圍故國繞清江，髻鬟對起。怒濤寂寞打孤城，風檣遙度天際。

斷崖樹，猶倒倚，莫愁艇子誰繫？空餘舊跡鬱蒼蒼，霧沉半壘。夜深月過女牆來，傷心東望淮水。
酒旗戲鼓甚處市？想依稀，王謝鄰里，燕子不知何世。向尋常巷陌人家，相對如說興亡，斜陽裡。

金陵就是南京，是所謂「六朝」的一個符號。「六朝」指的是三國的東吳，後來的東晉，以及南朝的宋、齊、梁、陳，均定都在金陵這個地方。有個詞叫作「六朝金粉」，就是用來形容六朝的華麗繁榮。六朝金粉過去在美學上並不是一個好的評價，因為古代歷史的政治本位總是以北方為主，而非南方，然而我覺得文化不應該用政治本位來討論，古代所有文化創造最高的幾乎都是在「南朝」。在北宋後期，文人已經陸續南遷了，戰亂令大家產生不安全感。六朝的文化被重新提到，因為他們從北方到了南京以後，會想到所謂的「南朝盛事」。當年這裡有過東晉時期王羲之的蘭亭雅集、謝安和王導家族子弟的故事，這種懷舊感也變成後來南宋詞非常重要的美學調子。

「佳麗地」，作者用美麗的女子去形容南京。北方不管是長安還是汴京，似乎都是男性的，而六朝定都的金陵是非常女性化的，有一種比較溫柔的文化。

「南朝盛事誰記」，「南朝」本身其實是一個客觀的名稱，可是後來因為政治本位的關係，常常有了貶義。然而在古代文化上，「南朝」常常反而是正統，因為它的創造性特別強，避開了戰爭與很多政治上的鬥爭，有更多經營文化的可能性。

「山圍故國繞清江，髻鬟對起」，南京城三面環江，江南的山和北方的不一樣，不是很陡峻，而是小小的丘陵，有點像女人頭髮上的鬟或髻。這其中反應了一些現象，一方面是音律在改革，另一方面是心境真的愈來愈小，會從比較細微的方面去入手。

「怒濤寂寞打孤城，風檣遙度天際」，孤城即石頭城，在城頭上，可以看到船的桅杆，因為這是長江很寬闊的地方。《單刀會》中的關羽在船上經過的就是南京城，那個地方在視野上非常漂亮。

「斷崖樹，猶倒倚，莫愁艇子曾繫」，「莫愁」也是用到一個典故，莫愁女的船曾停留在這個地方。「空餘舊跡鬱蒼蒼」，「空餘舊跡」是講六朝留下了很多古跡，很多人事滄桑的痕跡在這個地方，可是已經全都過去了，有一種敗落的感覺，所以用「鬱蒼蒼」來形容。

我們講秦觀「霧失樓臺」的時候，可以感覺到霧在樓臺上徘徊，可是周邦彥的「霧沉半壘」這個句子似乎沒辦法轉成形象。其實他在講南京城被霧遮掉了一半。

中國的「南朝文化」有一個很大的特色：它有正統的觀念，永遠不會承認自己是「偏安」江南。南宋為了顯示收復故土的決心，在杭州設立臨安府，稱為「行在」，而仍然將北方的汴京城稱為京師，這也構成了一個懷舊文學的系統。這當然與政治有關，因為政治不讓他們忘掉。我覺得將來應該特別有人去研究懷古文學或者說懷舊文學，它是非常特殊的一個形態，與整個政治史的結構有關，所以每逢「偏安」，它就會出現。「夜深月過女牆來，傷心東望淮水」，這裡在講某一種失落感，仍與前面提到的懷舊有關。

「酒旗戲鼓甚處市」，這個「酒旗戲鼓」很有趣。宋以後，民間的社戲發展起來了。「社戲」就是民間自己捐錢，在廟會裡面開演的野臺戲。這種社戲在唐代很少，宋代出現大量的社戲，尤其是在南宋文化當中。「社戲」說明民間的廟會文化開始發達起來，很多文人也開始把自己的作品與戲劇結合。整個民間戲劇文化的提高，與文人接觸庶民社會有很大的關係。「酒旗戲鼓」就是在講廟會的熱鬧。

「想依稀，王謝鄰里」，「王謝」也就是王導、謝安家族。《世說新語》裡記載，在一個下雪天，謝安讓子侄們每人寫一句詩來形容雪，有人說好像柳絮，有人說好像鹽撒在空中。他們從不到十歲就開始受到文化的訓練，有自己的自豪和品味；他們當中產生了一種貴族文化，這種貴族文化強調的不只是權力，也不只是財富。

像是王羲之不太願意做官，退隱後就喝喝酒，寫他的書法，可是他成為社會裡一個文人的最高典範。王羲之曾「坦腹東床」，竟然還被人家選去做女婿，「東床快婿」

就是講王羲之的這個故事。王謝子弟當時建立了非常瀟灑的一種性情、一種人格、一種品味，不太受世俗道德的約束。

周邦彥到了南京，想到當年的王家、謝家。他們住的地方叫「烏衣巷」，傳說屋簷下的燕子都不會隨便飛到一般老百姓家裡。所以唐朝劉禹錫在〈烏衣巷〉發出感嘆：「舊時王謝堂前燕，飛入尋常百姓家。」怎麼王家、謝家的燕子竟然飛到普通老百姓家去了，其實是講王家、謝家沒落了，那種人文的品格、那種性格和自負都已不復存在。

魏晉的貴族文學後來影響了整個唐代文學。很多人認為杜甫是貴族文學重要的變革者，他不寫貴族，而是寫平民百姓，寫民間的疾苦，改變了中國文學的風格。《快雪時晴帖》是台北故宮收藏的王羲之傳世最有名的書法，講下過一陣子雪，現在晴了，你要不要來看我之類。二十八個字，成為稀世珍品。做為文人的王謝子弟，他們活在大自然當中，有自己跟大自然之間的一種對話關係。他們爭取的不是現世的權力與財富，而是在社會中被尊重的地位。

「想依稀，王謝鄰里」，周邦彥在這裡懷念數百年前的王謝子弟。「燕子不知何世」，燕子不知道今天是什麼時代，不知道已經到了宋朝。「向尋常巷陌人家，相對如說興亡」，燕子一直叫著，好像在訴說已經歷經多少朝代興亡了。從魏、晉，經過宋、齊、梁、陳，經過隋，經過唐，到北宋，燕子好像還在跟百姓講興亡的事。「斜陽裡」，可是已經到了日落時分，我們在這裡感覺到周邦彥好像在懷古，在講一個挽回不了的盛世，一個六朝金粉的盛世，可是同時我們又發現這首詞好像是一個預言，在講北宋將要亡國了。

我很希望大家可以從這個時代性裡面，來看北宋是怎樣一步一步過渡到南宋的。我們看到南宋那種唯美的、感傷的，失去北方領土以後落寞懷舊的心情，已經慢慢出來了。

第八講

李清照

女性的創造力

做為一個正統文化當中的女性，她的創作往往會受到很大的壓抑

我們會發現在整個文化歷史當中，女性的創造力很容易被忽略。至少我們看到在整部文學史、繪畫史當中，女性長期缺席。在中國美術史裡，管道升（仲姬）是唯一可以放在男性繪畫世界裡來討論的女性畫家，也許我們會覺得她運氣很好，嫁給了在詩文、繪畫上才能都非常高的趙孟頫；但是更重要的一點是，趙孟頫也看重妻子的才華。

中國歷史上的女性文化裡，還有一部分創造力是表現在類似歌妓這樣比較另類的職業上。比如，唐朝的薛濤就是一個歌妓，她來往於文人當中，可以畫畫、作詩、寫詞。我們曾聽過的像蘇小小之類的女性，也是歌妓。然而，做為一個正統文化當中的女性，她的創作往往會受到很大的壓抑。

知己夫妻

我們會覺得她丟的不是文物，而是她與知己共同建立的夢想一步一步地在破碎

李清照出身於世家，父親李格非是一代大學者，能夠超越當時男女的界限，使女兒受到最好的教育。李清照更幸運的是，她嫁給了趙明誠。趙明誠的父親趙挺之是當時朝廷的大官，家裡的收藏非常豐富，而且在丈夫的家中她得到了像在自己家中同樣的鼓勵，使她的文學成長有很大的空間。我們由此看出，個人是活在社會裡面的，個人要對抗一個社會的習俗，是非常不容易的事。這些習俗不是法律，不是道德，而是一種習慣，這種習慣很容易扼殺一個人的才華。

要了解李清照婚後生活對她文學發展上的影響，可以看看她所寫的〈金石錄後序〉。我不把它當成是收藏學、考古學上的文章來看，而是覺得裡面在談一個生命與另外一個生命抱持著共同的愛好，共同完成一個夢想的經驗。這個夢想後來因為戰爭慢慢破碎了，所以文章裡面有一種對文化的哀傷，一種對文物散失的心痛，然後因為這樣，她會更加痛惜她的知己。

我覺得夫妻有這樣的情感其實是很困難的，因為在傳統的封建系統當中，夫妻關係

定位後，其他的部分就不見了。夫妻是一個倫理的結構，卻並不一定是一種真情的結構。必須把對方當做朋友，當做知己，夫妻關係的穩固性和持久性才會發展出來。像李清照和趙明誠便能建立一種知己關係。

李清照剛剛嫁到趙家時，趙明誠並沒有錢，做太學生時曾經當掉衣服去買書；雖然她的娘家、婆家都在朝為官，可是家世很清高，不是貪官汙吏。只有在共同的理想當中，保持知己的關係，才讓她記下了當年丈夫為了買一部書而把衣服當掉，兩個人回家後讀書的快樂。後來趙明誠做了幾任太守，兩人有了一些積蓄，可以收藏更多的書。

他們兩個常常會在喝茶的時候比賽，講某一件事情出現在哪一部書的第幾卷第幾頁，說對了才能夠喝茶。這變成他們夫妻之間一個最快樂的遊戲。李清照非常聰明，而且記憶力極好，在這種遊戲中說對答案的大都是她。在一個強調父權的男性文化當中，趙明誠卻沒有惱怒，反而對李清照很欣賞。封建社會認為女性「無才便是德」，女性的才能因此會被壓抑。女性絕對不是沒有才華，而是她在自己的生存狀態當中要很小心，不要隨便透露自己的才華，因為那樣會使男性受傷。

北宋跨到南宋，國破家亡，李清照帶著幾車文物逃難。趙明誠臨別時囑咐她，可先丟掉包裹箱籠，再依序丟掉衣服被褥、書冊卷軸，和古董，唯有宗廟祭器和禮樂之

青瓷蓮花式溫碗

國立故宮博物院藏品

器，必須抱著背著，「與身俱存亡」。戰亂當中，文化使命在自己的身上，話語中有一種哀傷。我們會覺得她丟的不是文物，而是她與知己共同建立的夢想一步一步地在破碎，一直到最後全部消失。李清照最後在心境上的荒涼、空無，已經不僅是因為亡國了，而是當戰爭來臨的時候，連個人小小的一點意願都不能夠保存。

李清照不像北宋的范仲淹、王安石、蘇軾那樣有偉大的政治理想，而是只有一個與知己共同建立小小美好世界的理想，連這個理想都不能完成的時候，她的哀傷是非常深沉的。在〈金石錄後序〉裡，我們能感受到她在文化散失時的無奈，這種感覺好像比國破家亡還要令人悲痛——她曾沉浸其中的文化，她自己經營起來的美好世界，都已經瓦解了。

李清照有點「野」

她已經定位了自己的聲音，她選擇中弱音，而不去發展悲壯高亢的聲音

當我們談李清照的時候，要能抓住女性觀點。李清照的詞，沒有忌諱女性的特徵，她會很直接地表現女性的柔軟、委婉和某種特殊的情思。如果從美學角度來看，從族群類別來看，女性也是一個族群，不同的族群要有不同的聲音，這才能構成美學上的一種寬度。

管道升（仲姬）在十三世紀的元朝，可以寫出「你儂我儂」這樣類似今天流行歌詞的作品。她表達的不是什麼偉大的志願：「你儂我儂，忒煞情多；情多處，熱似火；把一塊泥，撚一個你，塑一個我，將咱兩個一齊打破，用水調和；再撚一個你，再塑一個我。我泥中有你，你泥中有我；我與你生同一個衾，死同一個槨。」這是從很個人化的女性情思去著筆的。

如果我們去責備她，說岳飛和文天祥都死了，妳的丈夫趙孟頫卻在元朝做官，妳還寫「你儂我儂」這樣的文字，那就沒有文學可談了。文學不是單一的，每個人在特殊環境裡面會發出特殊的聲音。李清照其實在歷史上是滿受批評的，有一部分批評說，國家都亡了，她還不寫表現國破家亡的詞，不寫「氣吞萬里如虎」那種慷慨激昂的句子。李清照晚年在〈打馬賦〉裡面提到，自己無法像花木蘭那樣上疆場，有一點無奈，可是說的是實話。

李清照後來被說她改嫁張汝舟，胡適等一些學者對此做過考證，他們對這件事情非常反感。對於李清照改嫁的爭議，大概是五四運動到一九三〇年代文學史裡很大的公案。胡適首先提出來的觀點是，改嫁有什麼不好，有什麼不可以？如果丈夫已經死掉，她為什麼不可以改嫁？不過，胡適考證到最後發現，李清照根本沒有改嫁。這裡面耐人尋味的是，男性的文化裡面，可能不喜歡李清照，所以就硬要給她捏造一個改嫁的故事出來。似乎說她的詞寫得不好都沒什麼關係，說她改嫁，這個人的形象就完了——當然這裡面反映的是一種男性的道德觀。

我一直覺得，歷史上一些革命性的人物，他們遭受的非議是驚人的。大家讀《紅樓夢》的時候會注意到，林黛玉喜歡寫詩，賈寶玉拿出去給人家看，後來就被薛寶釵罵了一頓，說閨中的東西是不可以流出去的。因為在古代，女性的文化是非常私密的，它不能在男性的公開場合被流傳。李清照取得文學成就的關鍵在於趙明誠沒有這種保守的觀念，或者說李趙兩家其實都鼓勵她的才華。可是這些並不代表她沒有遭遇到社會的非議。在文學史上，我們看到李清照受到很多的爭議，包括覺得她有一些不檢點，女性應該守的本分沒有守，或者說她有點「野」。

李清照的經歷讓我們了解到在漫長的文學傳統裡一個女性創作者的重要性，她比男性的創作者更難出現。今天我們很難比較李清照的詞是不是比蘇軾好，或者比辛棄疾好，因為他們的背景根本不同。但文學史上不能不談李清照，因為沒有第二個了。她絕對不會寫辛棄疾的「氣吞萬里如虎」，因為她感覺不到那個部分，她必須是從女性的角度出發。

李清照也不偽裝她的女性氣質，在文學裡，有一部分男性「偽裝」成女性去寫女性觀點，比如說張籍的〈節婦吟〉或者李白的〈長相思〉，都是轉換自己，假裝自己是一個女性，去感受女性的哀傷。可是我們比較少有機會看到一個真正的女性去感受自己的生命。當然，李清照在北宋的作品與她在南宋的作品很不一樣，經歷過大的變亂之後，她的心境有很大的差別。

我用「野」來形容李清照，其實她是用字有一點俏皮，比如「綠肥紅瘦」。春天過完了，花都凋零了，「紅」是一種顏色，可是她用「瘦」來形容紅；綠色愈來愈多，她用「肥」來形容「綠」。原本「肥」和「瘦」是很難入詩的。李清照的「野」或她的俏皮其實是好的，她比較大膽，常常用這種有點像俚語的文字。之前提過，當一種文化成為道統以後，大家所受到的拘束也就比較大。大概由於女性不是在正統文化裡，反而會比較自由，可以跳開這個道統給她的某些限制。

大家閱讀的時候可以感覺一下，比如像〈點絳唇〉，李清照自己特別注明「閨思」，就是在閨房裡一個女子沉思的感覺。不能拿她的作品和周邦彥〈西河・金陵懷古〉那種大的題材比較，她就是強調一種小小個人性。〈點絳唇〉本身就是一個比較女性化的詞牌，女孩子在家裡用胭脂來點自己的嘴唇，這樣的歌曲絕對跟〈滿江紅〉

不一樣，它不是悲壯的，而是比較委婉、抒情的。李清照常常用到的是「點絳唇」、「一翦梅」這類詞牌，很少去寫「念奴嬌」、「水調歌頭」或者「滿江紅」。這和她的音樂性選擇也有關係，她已經定位了自己的聲音，她選擇中弱音，而不去發展悲壯高亢的聲音。

寂寞深閨，柔腸一寸愁千縷

她把很多細膩的東西一層一層地牽出來，可以看出一個女性在使用文字時的某些特徵

我們看一下〈點絳唇・閨思〉。

寂寞深閨，柔腸一寸愁千縷。惜春春去，幾點催花雨。
倚遍闌干，只是無情緒。人何處，連天芳草，望斷歸來路。

秦觀的詞當中有很多無來由的幽怨，所謂的無賴，所謂淡淡的哀愁，李清照的作品裡面也有，只是女性化更明顯。像「柔腸」這一類字眼，其實在唐詩裡也常常用到，可是都是男性在寫，當李清照用「一寸」和「愁千縷」去和柔腸做關聯的時候，我們會發現她把很多細膩的東西一層一層地牽出來，可以看出一個女性在使用文字時的某些特徵。從長期教育的習慣當中，或者自己生活的空間裡，她會帶出一種美學系統。「惜春春去」，它不見得一定是女性文化，蘇東坡的《寒食帖》裡面就有「惜春」，可是「惜春」後面再加「春去」的時候，委婉性會增高，哀怨性會增強。李清照常常是在調性上面把女性的東西放進去。像「幾點催花雨」，她在追悼春天快要過完的時候，雨使得花更快飄零，這些可能都是由於女性的敏感或者說敏銳才會看到的。

女性文化和男性文化在某一種程度上的平衡，其實對文化是有好處的。當女性文化慢慢出來的時候，會促使男性文化去檢查自身，嘗試運用婉約的東西進行轉換。過去很多唐代詩人會假藉女性身分去創作，比如寫「明月出天山，蒼茫雲海間」的李白，也會寫「長相思，摧心肝」，也就是說，好的創作者身上的男性部分和女性部分其實是平衡的，因為太過陽剛會變成粗魯，太過女性化的婉約又會變成陰柔，會變成低靡。而在平衡的時候，它會有一種拉力過來。從這個觀點出發，又會知道李清照是宋代女性當中比較男性化的。

「倚遍闌干，只是無情緒」，很接近秦觀所寫的「無賴」。「人何處，連天芳草，望斷歸來路」，尤其是「望斷歸來路」，完全像秦觀的句子。蘇軾曾經罵秦觀：「你怎麼學柳永作詞？」這件事也可看出秦觀和柳永都有比較女性化的部分。像他們在詩詞中表現的每一次跟歌妓的告別都會哭，這原本在男性文化裡是不對的，做為男性怎麼能表現得這麼牽掛與纏綿呢？這說明當女性文化沒有自己聲音的時候，一些男性反而去彌補了這個空間，從柳永到秦觀，他們把這些抒情的、委婉的，我們叫作「婉約派」的東西帶了出來，到李清照的時候當然就名正言順了，這種女性的婉約情感更直接地被表現出來。

才下眉頭，卻上心頭

「提不起、放不下」可以變成一種新的美學

〈一翦梅〉裡面的女性氣質更為明顯。

紅藕香殘玉簟秋，輕解羅裳，獨上蘭舟。雲中誰寄錦書來？雁字回時，月滿西樓。
花自飄零水自流。一種相思，兩處閒愁。此情無計可消除。才下眉頭，卻上心頭。

「紅藕香殘玉簟秋」，用竹子編的席子叫作「簟」。席子睡久了，竹皮會發亮，像玉一樣，帶有一種瑩潤的色澤。到秋涼了，看到藕已經要結成；藕結成的話，也就是荷花要殘了，荷花的紅色要殘了。「輕解羅裳，獨上蘭舟」，「輕解羅裳」是非常女性化的用字，女性對自己衣服的某一種感覺，可以很直接。

傳統中，女性文化比較感性直觀，而男性文化較偏理性，因為男性文化要在社會性裡面建立起一個合理的邏輯。所以，講衣服，講皮膚，講很多身體上的感覺，常常是女性擅長的領域。而男性常常在教育裡會被訓練到不能夠流露自己的感覺，尤其在古代，在做官或者貴族的文化當中，他最後會變成一個屬於社會性的角色，不太能講私情。

「雲中誰寄錦書來？」因為這首詞是在講離別的情感，所以提到書信。「雁字回時」，古代常常以大雁的北飛或南飛做為書信傳遞的象徵。張若虛的〈春江花月夜〉裡也有「鴻雁長飛光不度」，也是以鴻雁做為書信或思念的代表。「雁字」有更特殊的意義，因為大雁在飛的時候，會在天空排成一個「人」字。在這首詞裡，因為告別，因為懷念一個人，她會覺得這個人無所不在，好像連自然世界都隱喻出這個人的存在。「月滿西樓」，一個女子住在樓上，月光遍灑，她在孤獨和徘徊中盼望著「雁字回時」，冀望著那個人會回來。

「雁字回時，月滿西樓」非常「女性」，表達較含蓄，用象徵的方法去寫很多的願望、很多的期待。女性文化裡有很多遮掩的部分，如白居易寫〈琵琶行〉，寫到「千呼萬喚始出來，猶抱琵琶半遮面，轉軸撥絃三兩聲，未成曲調先有情」，裡面有很多女性心事慢慢透露的感覺。

「雁字回時，月滿西樓」對應著下面的「一種相思，兩處閒愁」或者「才下眉頭，卻上心頭」。這首詞很有趣的是把一個東西分成兩部分了，而這兩部分裡面有一種模稜兩可，就是不知道怎麼辦，有一種放不下的感覺。「提不起、放不下」可以變成一種新的美學，秦觀就是這樣，所以才有了「自在飛花輕似夢，無邊絲雨細如愁」。我們常常形容女性的情感較為「纏綿」，「纏」和「綿」都是沒有辦法一刀剪斷的，它就是牽連不斷。「花自飄零水自流」裡的象徵或譬喻，在男性文化也常常用，比如在李後主的詞作裡。看到落花掉在水中，花在飄零水在流，好像各不相干，其實是有關係的。落花和流水一直被詩人拿來做象徵，可是在這裡李清照希望用它來解釋「一種相思，兩處閒愁」，她的意思是說彼此思念的東西是一樣的，可是只能各自在兩地發愁，這是講她自己，也講趙明誠。

「此情無計可消除。才下眉頭，卻上心頭」，這種情感我們拿它一點辦法都沒有，怎麼排解都排解不掉。本來在發愁時眉頭鎖在一起，可是眉頭剛剛舒展，心頭上的愁又來了。我們發現李清照用字較為生活化，相較之下周邦彥太講究音律，所以他的詞語有一點脫離生活。

在那個時代當中，一個女性要寫私情不是容易的事，似乎有一點違反婦德。男人可以假藉一個歌妓去寫一種思念，柳永就常常做這種事。李清照的「一種相思，兩處閒愁」、「才下眉頭，卻上心頭」是難得的女性情感的一種表白。

懶懶的情緒是南宋詞的重要特徵

身體開始懶下來的時候，他去追求靜，轉成內心世界的一種追求

我們來看〈醉花陰〉。

薄霧濃雲愁永晝，瑞腦銷金獸。佳節又重陽，玉枕紗廚，半夜涼初透。
東籬把酒黃昏後，有暗香盈袖。莫道不銷魂，簾卷西風，人比黃花瘦。

「薄霧濃雲愁永晝」，什麼叫作「永晝」？是說一個漫長的白日，好像不知道要去做什麼，所以感覺到歲月這麼悠長。這是講閒愁，講慵懶，講一種「無賴」的感覺，是可以和秦觀的東西對照讀的。「薄霧濃雲愁永晝」，那她愁什麼？只是覺得白天好像過不完，因為沒有事件發生，所以裡面是一種淡淡的哀愁。

「瑞腦銷金獸」，這裡又是講熏香了。我們前面講的周邦彥〈蘇幕遮〉裡有「燎沉香」。一個銅香爐，有時是麒麟圖像，有時是拼合性的動物形象，裡面放上香料。「瑞腦」是香料的名字，「金獸」是外面的香爐。她又回到了家庭生活裡非常小的一些事件，好像沒事就去撩撥一下香爐，去玩一下身邊的小事物。

「佳節又重陽」，就是九月的重陽節來臨了，不知不覺又到了秋天，時間就這樣在流逝。「玉枕紗廚」即睡覺用的玉石枕頭和防蚊蟲的紗帳，用這些表明自己還睡在床上。大概從秦觀以後，感覺詩人都是「躺下來」寫詩，不太出去活動，會有一點懶懶的情緒。我覺得這種懶懶的情緒其實是南宋詞一個最重要的部分。身體似乎是有時代性的。唐朝人的身體都是坐在馬上跑，北宋的時候還跑了一段時間，慢慢就不跑了，身體開始懶下來的時候，他去追求靜，轉成內心世界的一種追求，愈來愈有一點生病的感覺，或者身體沒有力氣的感覺。「半夜涼初透」，因為到了重陽，是秋天了，所以到夜半的時候有一點涼。

「東籬把酒黃昏後」，夕陽之下，在自己的院子裡面喝酒。「東籬」令人聯想到陶淵明的詩——「采菊東籬下，悠然見南山」，裡面有與菊花的關係。「有暗香盈袖」，「暗香盈袖」直接映射到東籬的菊花，這裡是典故的轉用。李清照批評秦觀用典故太少，常常是指這個，但我覺得典故不見得一定要用到這麼繁複。「暗香盈袖」是講菊花香，她雖然沒有直接講，可是由前面的東籬可推知。自己在籬笆旁邊喝酒，袖子被菊花染得都是香味。

這些文字非常纖細，她會注意到嗅覺，而且是用「暗」這個字，「暗香」、「盈」都有一點收斂和含蓄，而不是外放的感覺。這個美的表現有一點遮掩，所以我們稱之為「婉約」，它是繞的，是曲線的，而不是直接表現出來的。

「莫道不銷魂」，這樣的一個情境，幾乎人人都會動情，它會打動我們的心魂深處。「簾卷西風，人比黃花瘦」，西風即秋風，從西邊吹來的風代表秋天的來臨，簾子被吹起來了。「人比黃花瘦」，形容自己比菊花還要瘦，李清照很喜歡用「肥」、「瘦」這一類的字，好像都是形容肢體部分的用詞。我覺得這也是李清照的特質，她對感官的東西和身體的描繪都非常直接。

多少事、欲說還休

李清照也有一種口語，是屬於民間小市民性的口語

我們再看〈鳳凰臺上憶吹簫〉，也是在講告別，告別是李清照生命裡的重要主題。

香冷金猊，被翻紅浪，起來慵自梳頭。任寶奩塵滿，日上簾鉤。生怕離懷別苦，多少事、欲說還休。新來瘦，非干病酒，不是悲秋。

休休！這回去也，千萬遍《陽關》，也則難留。念武陵人遠，煙鎖秦樓。惟有樓前流水，應念我、終日凝眸。凝眸處，從今又添，一段新愁。

「香冷金猊」，「金猊」是鑄成類似獅子的狻猊形貌的銅香爐。大概有一點懶得起身，連香爐裡的「香」都冷了，沒有再用火把香燒起來，所以是「香冷金猊」。我們

看到「香」和「冷」這兩個分別是嗅覺上和觸覺上的字，非常感官地被放在一起。「被翻紅浪」，睡在床上，蓋著錦繡的被子，翻來覆去也睡不著，好像有一點慵懶的感覺。

「起來慵自梳頭」，既然起身了，還要用「慵」這個字，讓人覺得懶洋洋的。因為沒有什麼事可做，就「慵自梳頭」，有一搭沒一搭地梳起自己的頭髮。

「任寶奩塵滿」，「奩」是女孩子放化妝品的箱子，我們會用「妝奩」來借指女孩子嫁到夫家要帶去的嫁妝。漢唐的女孩子都有這種裝化妝品的奩盒，它們有青銅的，也有漆器。所謂的「寶奩」是鑲得很漂亮的化妝盒。「任寶奩塵滿」，明明知道上面灰塵已經堆得很厚了，可是沒有心情去整理、擦拭它。這裡面一步一步地在點出所謂的「女為悅己者容」，因為她所眷戀的那個人，讓她覺得生命有意義的那個人不在身邊，所以化妝、梳頭都沒勁。

「日上簾鉤」，太陽已經照到那麼高了，但是不想起來，起來要幹什麼呢，又沒有自己生活裡的知己在身邊。「生怕離懷別苦，多少事、欲說還休」，我們曾經說過蘇軾有一種口語，他是比較豪邁的口語；李清照也有一種口語，是屬於民間小市民性的口語。

我覺得宋朝是中國白話文學非常重要的一個階段，這裡講的「白話」，是所謂的平話小說，它是在宋朝出現的。原本是讓說書人講給大家聽的，中國文學裡的閱讀性與聽覺性自此開始慢慢分離。

還有一點，唐朝時佛教有一個革命，就是禪宗的發揚。禪宗為了要讓所有的人都能夠領略頓悟，所以常常用口語性的東西去講。像《指月錄》和《景德傳燈錄》，都不用太難的文字和辭彙，他們認為愈在形式、技巧上做作，愈遠離悟道，應該要從心裡面直接去領悟。禪宗六祖慧能原本是一個不識字、在廚房裡砍柴的和尚，所以他傳法的時候，也是用最簡單的口語。

白話文學在宋代的確受到很大的重視，當李清照用到「生怕離懷別苦，多少事、欲說還休」時，就是另一種口語化的表達。「才下眉頭，卻上心頭」，也非常口語，很像我們現在講的心裡面有什麼事放不下。還有「一處相思，兩處閒愁」，也是有一點口語化。以往從這個角度去討論李清照的人不多，我認為她能夠在文學史上有這麼長久的影響力，可能和這個白話的起點有關，她的詞句已經有點像元曲裡那種口語與白話的自然性的表達。

「休休！」完全像後來元曲的風格，好像自己對自己說「夠了、夠了」那種感覺，就是怎麼會這樣纏綿不去，心情上老是放不開呢？這裡其實有另外一種女性的直率。「這回去也」，更白話了，就是這一次你離開了。「千萬遍《陽關》，也則難留」，送別的曲子唱了又唱，其實都無法阻擋。被李清照評論有很多「淫詞」，也就是所謂濫情之詞的柳永，其詞作也有很多類似「休休！這回去也，千萬遍《陽關》，也則難留」的句子。休休，是很大的無奈的詠歎。

「念武陵人遠」，「武陵人」象徵著尋找桃花源的人。在〈桃花源記〉中尋找桃花源的那個武陵人是一個漁夫，偶然進入了桃花源。李清照在用典故的時候，用得比較迂迴。

「煙鎖秦樓。惟有樓前流水，應念我、終日凝眸」，柳永也用過「凝眸」，可是用得最好的是李清照。男子乘的船已經開走了，可是女子朝著那裡一直看一直看，留戀著他的身影。「凝眸處，從今又添，一段新愁」，這一句非常貼近白話，把一個女性纏綿的心情完全寫出來了。她每天看著看著，每天都多出一點愁緒，在那個人沒有回來之前，這愁是沒有辦法停止的。

我相信大家已經慢慢感覺到李清照這種很特殊的女性情感，剛才提到纏、綿，都是和絲有關。傳統裡，女性的文化與編織、刺繡有很大的關係，她們在這個活動當中感覺到一種線條性的婉轉，而男性文化裡面比較少所謂的纏或者綿。一個線團怎麼解都解不開的時候，它就會變成一種情感的表達，等到有一天她覺得心裡面亂得不得了的時候，就會想到那個解不開的線團。我們可以看到文學創作不可能離開生活。

辛棄疾能寫「醉裡挑燈看劍」，但不能要求李清照去寫這樣的東西，因為喝醉、在燈下看一把寶劍，那比較是男性的經驗，近代秋瑾的詩就會有「劍」、「寶刀」，她是女性的革命者。也許從這個角度我們會看到李清照的柔軟，看到她的含蓄與委婉。

愁損北人，不慣起來聽

有時候我們的情感好像一個蓓蕾，鎖在心裡面出不來，有時卻忽然覺得情感舒張開來了

下面來看〈添字采桑子・芭蕉〉。

窗前誰種芭蕉樹？陰滿中庭，陰滿中庭，葉葉心心，舒卷有餘情。

傷心枕上三更雨，點滴霖霪，點滴霖霪，愁損北人，不慣起來聽。

詠物詞在北宋後期大量出現，一般認為周邦彥是詠物詞的大家。可能生活裡沒有巨大的事件或者情感發生，所以就以一個東西做為描述的物件。我覺得李清照的詠物寫得很好，像這首〈添字采桑子・芭蕉〉，她把芭蕉的形態、生長狀況，與人的心情聯繫起來，不只是詠物而已。比如「葉葉心心，舒卷有餘情」，芭蕉在成長的時候，葉心是卷起來的，然後再慢慢把葉子舒放出來，這是一個自然現象；可是我們讀到「葉葉心心，舒卷有餘情」時，它變成了我們的心境。就像有時候我們的情感好像一個蓓蕾，鎖在心裡面出不來，有時卻忽然覺得情感舒張開來了。「舒卷有餘情」，情感在想透露又不想透露之間，很委婉，這是李清照最迷人的部分，那種在透露和不透露之間、張開與不張開之間、接受和拒絕之間的關係，她藉由芭蕉說出來了。要把詠物詞寫好，大概還必須聯繫到人，否則可能寫來寫去也就是形狀、色彩、重量，如果能夠擴大變成另外一個內容，具有象徵性的時候，它的特殊意義才會出來。

「窗前誰種芭蕉樹？」李清照和蘇軾的個性裡面都有直率的成分，尤其是作品起句的地方。「十年生死兩茫茫」是一個非常直接的開始，「窗前誰種芭蕉樹」，李清照直接就把芭蕉樹寫出來了。

「陰滿中庭，陰滿中庭，葉葉心心，舒卷有餘情」，大家可以仔細觀察，所有的芭蕉樹、香蕉樹都是如此，它在沒有長成葉子之前，有一個陽光很容易透射進去的，卷起來的翠綠部分，很柔軟，好像在慢慢等待舒展開來。等到葉子張開的時候，綠色變得很深時，其實已經老掉了，最嫩的葉子是卷起來的，就是葉心的部分。它只要一張開，接觸到更多陽光，它就老了，最嫩的部分是最怕受傷的。這裡既是在講芭蕉，也是在講情感，情感很怕受傷，很怕透露那個細微的部分，所以用「舒卷」，「舒」和「卷」是兩個動詞，是張開與不張開。這些大概都透露出李清照女性特質中最細膩的一面。

「傷心枕上三更雨」，半夜下起雨來，可能就會被驚醒。曾經被雨驚醒的有李後主，有李商隱，李商隱寫「曾醒驚眠聞雨過」，李後主是「簾外雨潺潺，春意闌珊，羅衾不耐五更寒，夢裡不知身是客……」，剛才還在做夢，怎麼被雨聲驚醒，發現自己已經被捉到了北方。在這裡我們看到李清照繼續這樣的一個傳統，「傷心枕上三更雨，點滴霖霪，點滴霖霪」，「霖」和「霪」都有一點過頭、氾濫的意思，「霖霪」就是在講雨下不完的感覺。

「愁損北人，不慣起來聽」，這裡面白話的感覺非常強，好像覺得過去的日子過得很好，一直在一個比較幸福的處境當中，從來也沒有被雨聲驚醒過，所以非常不習慣半夜聽雨聲。其實這是一種荒涼、淒厲的感覺。從「不慣起來聽」與「這回去也」，可以看到她大量運用白話，辛棄疾也是如此，愈到晚年，白話的部分愈多。南宋時已經有一個徵兆出來：文學創作裡面的白話部分愈來愈明顯，愈來愈直接。

物是人非事事休，未語淚先流

對晚年的李清照來講，她生命最幸福、最美好的時光已經過去了

李清照的〈武陵春・春晚〉也是大家比較熟悉的作品。

風住塵香花已盡，日晚倦梳頭。物是人非事事休，欲語淚先流。
聞說雙溪春尚好，也擬泛輕舟。只恐雙溪舴艋舟，載不動許多愁。

在用韻上大家可以看到李清照的「由求韻」用得非常多，所謂「由求韻」就是「ou」、「iu」這個韻。「風住塵香花已盡，日晚倦梳頭」，「頭」是ou韻；「物是人非事事休」，「休」是iu韻；「欲語淚先流」，「流」是iu韻；「聞說雙溪春尚好，也擬泛輕舟」的「舟」，「只恐雙溪舴艋舟，載不動許多愁」的「愁」，都是ou韻。李清照的作品裡，好多都是這個韻，如「紅藕香殘玉簟秋」的「秋」，「獨上蘭舟」的「舟」，「月滿西樓」的「樓」。我常常稱「由求韻」為天生適合寫詩的韻，因為只要把樓、秋、酒、愁放在一起已經很像詩了。它是一個比較委婉的韻，「江陽

韻」和「中東韻」都很豪邁，「衣期韻」和「灰堆韻」又很低微。

〈醉花陰〉裡「薄霧濃雲愁永晝」的「晝」，「瑞腦銷金獸」的「獸」，「半夜涼初透」的「透」，「東籬把酒黃昏後」的「後」，「有暗香盈袖」的「袖」，「莫道不銷魂，簾卷西風，人比黃花瘦」的「瘦」，我們幾乎看到李清照一直在用這個韻。又如〈鳳凰臺上憶吹簫〉，「香冷金猊，被翻紅浪，起來慵自梳頭」的「頭」，「日上簾鉤」的「鉤」，「欲說還休」的「休」，「新來瘦」的「瘦」，「非干病酒，不是悲秋」的「秋」。這首詞也把「由求韻」用到了極致。可以看出李清照在使用音樂性的韻部上的特色。

「風住塵香花已盡」是在講春天過去了。春天過去，對晚年的李清照來講，是一個象徵，她生命最幸福、最美好的時光已經過去了。「日晚倦梳頭」，她用過很多梳頭的意象，在〈鳳凰臺上憶吹簫〉裡是「慵自梳頭」，似乎訴說著心愛的人不在了，為誰去化妝呢？「物是人非事事休」，這些東西都還在，可是人已經走了，一切事情都發生了很大的變化。「欲語淚先流」，這樣一個生命的經驗，即使要告訴別人，還沒有講，眼淚就已經流下來了，有股無法透露的心酸。「聞說雙溪春尚好」，聽說雙溪這個地方春景還很美好，「也擬泛輕舟」，好像應該去解解悶，不要老是在家裡發愁。可是到了岸邊，「只恐雙溪舴艋舟」，想想雙溪這艘船這麼小，「載不動許多愁」，大概這一生的愁緒，船是載不起來的。她把女性的哀愁非常直接地表現出來了。

這次第，怎一個愁字了得！

她非常孤獨，好像一切東西都走完了，帶著生命裡所有的繁華和幸福都已經過去的感傷

下面的〈聲聲慢〉，應該是大家最熟悉的。

尋尋覓覓，冷冷清清，淒淒慘慘戚戚。乍暖還寒時候，最難將息。三杯兩盞淡酒，怎敵他晚來風急！雁過也，正傷心，卻是舊時相識。

滿地黃花堆積，憔悴損，如今有誰堪摘？守著窗兒，獨自怎生得黑！梧桐更兼細雨，到黃昏，點點滴滴。這次第，怎一個愁字了得！

「尋尋覓覓，冷冷清清，淒淒慘慘戚戚」是心情一路堆疊的情感，而堆疊是因為女性的感官非常細膩，是這樣纏綿不休的女性心事。很多人一提到李清照都會舉這個句子，這麼長的疊字句，過去幾乎沒有人敢用。李清照曾經誇讚歐陽脩「庭院深深深幾許」用得非常好，她更進一步用到「尋尋覓覓，冷冷清清，淒淒慘慘戚戚」這麼長的疊字句，如果唱起來，聲音如雨聲，一串滴滴答答。

李清照是山東人，有一種北方人的直率，一種山東快書般的直率。彈詞從這個字到下個字，聲音要繞好久；可是山東快書，大概只要幾秒鐘好幾行就過去了，它們是很不同的兩種文化。李清照本身是北人，而後南渡，跨在兩個文化當中，她保留了北方文化的好處，也吸收江南文化中的委婉，轉到一種慢、一種堆疊。一直到今天，我們所說的北曲和南曲在個性上基本也是不一樣的。北方的秦腔、河南梆子節奏都是快的，而紹興戲或者彈詞都是軟的、慢的、環繞的，它們是兩種很不同的美學。

在杭州祭祀花神的廟宇當中，有一副長聯，跟李清照的詞句很像。上聯是「風風雨雨，寒寒暖暖，處處尋尋覓覓」，下聯是「鶯鶯燕燕，花花葉葉，卿卿暮暮朝朝」，全部是疊字句。詩不見得要到書裡去讀，它就在文化裡，就在生活裡。江南民間拜花神的廟聯是講花神的情感，是非常南方的情感，是一種尋找、一種徘徊、一種徬徨、一種纏綿、一種眷戀。至於「尋尋覓覓，冷冷清清，淒淒慘慘戚戚」，則是在講國破家亡、丈夫去世之後，一個孤獨的女性心情上茫然的感覺。

「乍暖還寒時候，最難將息」，有一點要暖了，可是天氣有時候又會冷，大概就是清明前後。我們在清明前後都會感覺到「乍暖還寒」，有點暖了，又還有寒意，這也是很感官的感覺，江南的清明、梅雨都有一點溫度的模糊，不知道應該叫它春天、夏天，還是秋天。「最難將息」，要睡覺卻很難睡得著，其實是因為心情沮喪。「三杯兩盞淡酒」，既然很難睡得著，乾脆喝一點酒，也許會睡得好一點。「怎敵他，晚來風急」，本來喝一點酒可以好睡了，可是忽然風又颳起來，所有的樹都在呼叫，這個聲音又那麼淒厲，更睡不著覺了。注意「怎敵他」，完全是白話的感覺，很像元曲的句子。「雁過也，正傷心」，李清照在〈一翦梅〉中也用過這個象徵，雁來雁過，雁來是人回來，雁來也是書信來；雁過是書信走了，也是人走了。「卻是舊時相識」，這個「雁」以前來過，是曾經認識的，可是現在走了。這大概是李清照晚年的作品，她非常孤獨，好像一切東西都走完了，帶著生命裡所有的繁華和幸福都已經過去的感傷。

「滿地黃花堆積，憔悴損，如今有誰堪摘？」那些落英堆得滿滿的——傳統裡，常常會認為花被摘是被一個男子摘，好像花開是為了一個覺得值得的對象。「守著窗兒，獨自怎生得黑！」就是一個這麼黑暗的感覺，一個人在屋裡燈也沒開，就在那邊喝酒。「怎一個愁字了得」，她把古典詩的文法轉成了最口語化的形態。

「梧桐更兼細雨」，李後主有類似的句子——「寂寞梧桐，深院鎖清秋」。「到黃昏，點點滴滴。這次第……」，注意「這次第」——這樣的狀況，這樣的情景，又用了口語。「怎一個愁字了得」，「怎一個」、「了得」這些詞我們現在都還在用。李清照的現代感很強，可能是她不在正統文化當中，所以揹負的正統文化詞章的壓力比較小，反而出現了另類的句子。

宋代文人的生活空間

宋代文化的驚人在於它這麼甘於素樸平淡

從黃庭堅的書法中，我們可以看到宋代書法的自在，它離開了唐楷的規矩和工整以後，完成了一種人的瀟灑。從宋代的瓷、詩、書法，也可以看到一個人的活潑、率性和隨意。而宋代在白話上的運用，可說是一種解放，從規矩當中解放，它能夠有更多有韻味的東西發展出來。從南宋以後，我們看到整個文化的氣質又有很多改變。

宋代有畫自畫像的習慣，文人會把它掛在家裡。此外，瓷器在宋代扮演著很重要的角色，在今天，全世界瓷的顛峰還是宋瓷。不只是中國，它當時的貿易到達世界各個地方，宋瓷的那種美影響了全世界。在台北故宮博物院數十萬件的收藏品中，有一件汝窯的漂亮是很難形容的，那是一只溫酒的蓮花碗，裡面放用來燙酒的熱水。它上面有一點點的裂紋，帶有「雨過天青」的色澤，跟我們講的青瓷、青色釉是不一樣的。當時人認為不應該用單純的「青」來形容它，因為它裡面有淡淡的綠，淡淡的藍，還有淡淡的紫和淡淡的粉紅。只要光線發生一點點的折射，釉料就反射出不同的光，可是那光又是很收斂的，完全不外露、不炫耀。所以才會稱它為「雨過天青」，好像下過雨以後天空的顏色。

現在只有不到七十件汝窯存世，有二十一件在台北故宮，它大概是全世界拍賣市場裡面價格最高的古物之一，可是在造型上非常素樸，非常簡單，幾乎沒有任何華麗誇張的部分。台北故宮的水仙盆，就是拿來養水仙的一個花盆而已，簡單的一個橢圓形，底下一個座子，大概鋪一點沙或石頭。我們看到宋代文化的驚人在於它這麼甘於素樸平淡。其實花器如果不簡單，花是無法被襯托出來的。

這些是當時皇宮裡用的瓷器，它可以這麼簡單，很少看到帝王的文化這麼樸素、這麼淡雅的感覺。我想這裡面有特別值得我們去了解的某種文化品質，也許可以透過這個部分來了解北宋詞、南宋詞與整個文化背後的文物的關係。定窯位於今天的河北曲陽，也就是過去的定州，定瓷屬於白瓷系統。定窯有一個特別的地方，就是它燒製的時候，比如燒一個碗，是蓋著燒的，燒完以後這個碗的邊緣就沒有釉了，會有一點割手。所以工匠會用黃金或者銅來包邊，叫作包口。定瓷大都有包口，皇宮裡面用的通常是黃金。它裡面會畫花的圖案，就是在土沒有乾的時候，用竹刀在上面刻花，上好釉料以後，只有一點點浮雕的感覺。定瓷很漂亮，它的白常常分出不同的層次。

我們一再提到，宋代的文學愈來愈追求細膩，也就是說它會定出很多層次來。過去很粗糙地說這叫白瓷，可是現在認為只說「白」是不夠的，白還有很多不同層次的白，視網膜上會有四百種不同層次的「白」。我想大家可以從中感受到宋代美的精神，如果它不是一件瓷器，而是一部文學作品，它們中間的關係是什麼？它們都是一種簡練，一種淡雅，一種不誇張的情緒，都非常含蓄。

有的定窯的釉已經有一點像玉了，光潤性都出來了。這些就是文人當時生活裡在使用的，生活裡的東西影響了整個朝代的美學氣質。美可以這麼單純，其實是非常難的，因為通常我們會覺得美都是刻意做出來的，可是在宋代，它完全回到了最簡單的狀態。

鈞窯大概是宋瓷裡面唯一色彩比較豔的，它在窯裡燒了以後，生發出一點一點的紫斑，很像紫丁香的花，所以被稱為丁香紫釉。

還有前面提過的哥窯。哥窯追求開片，燒出裂紋以後，再上釉燒一次，讓裂紋變成了一種美學。後來在中國建築物裡，比如窗戶，就做出這種冰裂紋的感覺。用很多很多分割的方法做出這種空間，其實是把破裂變成美學，把本來不好的東西變成好的東西。也就是說，如果用一個比較寬容的心境去看這個世界，沒有所謂的醜，沒有所謂的破，也沒有所謂的敗筆。破、敗、醜都可以變成美，這都是心念上怎麼轉的問題。

用黑色釉料的建陽窯、吉州窯，是在福建江西一帶做出來的。南宋吉州窯燒製的時候常常把一片枯葉放上去，就有一個釉料的痕跡出現，黑色底襯出一片葉子。這是喝茶時用的器皿，「窯變天目盞」就是在建陽窯裡面燒的。我們可以感覺到宋代的文人，像李清照和趙明誠在一起喝茶，然後猜詩，講書的某一卷記錄什麼，就是拿這樣的碗。這樣的碗裡面承載的當然是一種文化氣質，似乎文人在文學創作上追求的東西也可以這麼樸素。

還有玉雕的「荷葉洗」，一片荷葉、一個梗，是文人用來盛水洗筆的器物。我們讀到的詞，是在這些背景下完成的，文人家裡用來寫字的毛筆、硯臺及其他一切東西，其實都體現了文化上的水準。

第九講

辛棄疾、姜夔

辛棄疾與姜夔：南宋的兩面

在文學或藝術的創作上，受到時局的影響是不可避免的，但是看待時局的方法卻可以有所不同

最後我們講辛棄疾和姜夔，以此做為對南宋詞介紹的結束。其實這兩家在整體風格上最不同。我們前面提到，南宋的時候，有一個主題是「國破家亡」，面對這種局面大家有一個正統的文化反應，於是發展出辛棄疾這一類作品，他們的快樂或不快樂大概也都圍繞著這件事。可是另外一方面，我們也明顯看到，在大家不能抗拒這樣一個主題的時候，有一類藝術創作者反而進入另一個狀態，而這樣的狀態在當時並不是很容易被接受。今天許多人覺得，南宋時期抗金的文學才是正統，岳飛、辛棄疾等人的作品才應該受到尊重和提倡。

也許我們應該以一個比較持平的角度，去看待姜夔這一類文學家。不僅因為他在音樂上的創造為宋詞提供新的視野，還在於他的作品中表現了戰爭以外新的內容——畢竟人不只是為戰爭而活。辛棄疾很明顯一直有北伐的意願，一直到老死，都把它做為生命最高的、最激昂的追求。可是姜夔在走過同樣的都市（比如揚州）的時候，他感

受到的東西可能是月光、荷花。令人為難的是，如果是在亡國的情緒裡面，應該看不到月光，也看不到荷花，這是一個矛盾。在文學或藝術的創作上，受到時局的影響是不可避免的，但是看待時局的方法卻可以有所不同。

辛棄疾的句子有一種豪邁、壯闊的感覺，比如「季子正年少，匹馬黑貂裘」，而姜夔好像太纖弱了。然而，要注意的是應該把這兩部分放在一起來看，不能偏廢，才能達到一種平衡。

辛棄疾一生都與政治有非常密切的關係，他年紀輕輕就開始做官，而且做得不錯，是南宋朝廷中主戰派的代表。一直以來大家都認為主戰派是忠臣，主和派是奸臣。我第一次去杭州的時候，看到岳飛廟前面跪著的秦檜夫婦，每個人走過去還要吐上一口痰。文化已經很明顯地把歷史當中的人分成「好人」與「壞人」，而且大眾是沒有選擇與思考的餘地。

我一直覺得歷史教育中非常重要的一點是要提倡思考。做為一個教育者，大概只有一個責任，就是提供更多的東西讓對方了解，使他的選擇更多一點。好的文化與歷史教育應該是即使我不喜歡某些東西，可是也要讓別人知道。我希望在談文化史的時候，能夠跳出在我們身上影響很深的觀念，儘管要去抗拒它，並不是那麼容易。

辛棄疾一直是朝廷裡的主戰派，他的文學也和他的政治觀點密切相關，經常處於一種慷慨激昂、熱血沸騰的狀態。事實上辛棄疾並沒有北伐中原，沒有完成自己的志願，可是他在文學的世界裡不斷以此做為動力，發展出非常動人的力量。文學其實很有趣，它大概是對現實世界中所受傷痛的一種慰藉。如果當時辛棄疾帶領大軍渡淮北上，把金兵殺得片甲不留，我想他的文學世界恐怕又是另外一種景象了。辛棄疾文字裡的悲壯和他的挫敗感有關，當然這不是他個人的失敗，而是因為南宋當時事實上無法對抗北方強大的軍事勢力。

再說姜夔。他終生沒有做官，是一個民間文人，他更關注的是普通人怎麼過日子，比方說種荷花、養雞、餵魚，他看到的是在改朝換代之外，人還有屬於自己的生活。文學有一部分是與時局有關的，像辛棄疾的作品；也有無關或者關係不大的，像姜夔的作品。這兩個部分都會在文學裡發展出很大的力量。

我覺得辛棄疾的詞特別悲壯，它剛好契合了我年輕時讀大學時的心情。當時政治以及其他外部局勢的變化，讓我讀辛棄疾的時候感到熱血沸騰，因為很像我們自己的處境，好像有一個巨大的壓力使我恨不得用生命與外界碰撞。辛棄疾對我們那一代喜歡文藝的年輕人曾發生這麼大的影響。但如果是一個個性安靜、追求退隱的年輕人，就不見得要要求他接受辛棄疾，每個人都可以為自己選擇喜歡哪一個文學家。

「江南遊子」

辛棄疾的悲壯愈來愈強烈，他忽然發現自己變成了一個荒謬者

辛棄疾這首〈水龍吟‧登建康賞心亭〉是大家比較熟悉的。

楚天千里清秋，水隨天去秋無際。遙岑遠目，獻愁供恨，玉簪螺髻。落日樓頭，斷鴻聲裡，江南遊子。把吳鉤看了，闌干拍遍，無人會，登臨意。

休說鱸魚堪膾，盡西風，季鷹歸未？求田問舍，怕應羞見，劉郎才氣。可惜流年，憂愁風雨，樹猶如此。倩何人喚取紅巾翠袖，搵英雄淚！

這是辛棄疾到金陵後寫的一首詞。周邦彥也寫過一首〈西河‧金陵懷古〉，兩個人在同一個地方，感受卻是不一樣的。周邦彥想到王謝子弟，想到這個地方的六朝遺跡，是一種懷舊、懷古的感覺；可是辛棄疾想到的是「把吳鉤看了，闌干拍遍，無人會，登臨意」。他看著手上的寶刀，很清楚自己是一個江南遊子出現在這裡，並沒有定居在江南，他覺得自己還是要回到北方的。這種文學背後的悲壯感，這種流浪的，沒有國、沒有家的氣氛，一直瀰漫在南宋文學裡。

「楚天千里清秋，水隨天去秋無際」，一開始就是肅殺的、遼闊的、有一點沉鬱的感覺。「遙岑遠目，獻愁供恨」，「遙岑」即遠山，眼前所有的山水都帶上了愁緒及仇恨，因為國破家亡了。南宋的馬遠、夏圭，人稱「馬一角」、「夏半邊」，他們的畫叫作「殘山剩水」。政治對文學、對美術發生了這麼大的影響，畫畫也好，寫詩也好，主題只有一個，就是國破家亡。本來看山看水應該是愉悦的，可是眼前的山和水，都變成了提供愁和恨的基礎。

「落日樓頭，斷鴻聲裡」，夕陽血紅，脱隊的孤雁發出淒厲的叫聲，都有悲壯的感覺。我們讀辛棄疾詞的時候，會感覺到裡面有很大的淒厲和悲壯。李白的「壯」不會這麼「悲」，他是雄壯；可是到了南宋，要去發這種大聲音的時候，因為感覺到孤單，感覺到淒涼，感覺到無能為力，就會變成「落日」與「斷鴻」的感覺。

接著他又回到自身來講：「把吳鉤看了，闌干拍遍，無人會，登臨意。」這裡面當然很悲哀，大概當時主和派力量很大，他想要北伐中原的心意沒有人了解，予人淒涼之感。

「休説鱸魚堪鱠，盡西風，季鷹歸未？」這裡面用了一個典故。西晉的文學家張翰（字季鷹）因為在秋風起時想念家鄉味美的鱸魚，便辭官回鄉去了。這是過去文人歌頌的一個典型，大家覺得他很清高。可是辛棄疾卻把這個典故反過來講——不要告訴我張季鷹的故事，我是身負國家使命，難以回去北方的「江南遊子」。「求田問舍，怕應羞見，劉郎才氣」，真正有志向的人，真正有開國氣度的人，不應該「求田問舍」，而南宋只是寄望於北方不要打過來，從來沒有想要回去。辛棄疾的悲壯愈來愈強烈，他忽然發現自己變成了一個荒謬者。「可惜流年，憂愁風雨，樹猶如此」，這裡用到《世説新語》的典故，桓溫北伐經過金城，看見自己過去種的樹已有幾圍之粗，便感嘆地說：「木猶如此，人何以堪？」辛棄疾感覺到年歲老大，時間流逝，北伐似乎遙遙無期，就要辜負平生的雄心壯志了。後來，白先勇也有篇文章就叫作〈樹猶如此〉。「倩何人喚取紅巾翠袖，揾英雄淚！」這裡深深地傳達了一個孤獨英雄的悲劇情感。

下面這首〈菩薩蠻・書江西造口壁〉也是大家很熟悉的。

鬱孤臺下清江水，中間多少行人淚。西北望長安，可憐無數山。
青山遮不住，畢竟東流去。江晚正愁予，山深聞鷓鴣。

「鬱孤臺下清江水，中間多少行人淚」，鬱孤臺下的水當中，有多少往來之人的眼淚。「西北望長安，可憐無數山」，這裡全部是故國之思。講的是長安，其實是指汴京，北方的京城已經失守，這麼多的山阻擋著，已經看不見故國的首都了。「青山遮不住，畢竟東流去」，但青山畢竟不能阻擋流水，江河還是要繼續東流。「江晚正愁予，山深聞鷓鴣」，黃昏時分正在江邊愁悶的辛棄疾，忽然聽到了鷓鴣的叫聲。「正愁予」後來也成了現代詩人鄭愁予筆名的取材來源之一。

這首作品裡有非常清晰的亡國心事，也有「復國」的盼望，這一類作品大概都須和歷史上的大背景結合在一起。

辛棄疾的俠士空間

他似乎是在這個封閉的世界裡去完成自己的文學，然後形成一種豪邁的氣韻

大家再來看下面的〈水調歌頭〉。

落日塞塵起，胡騎獵清秋。漢家組練十萬，列艦聳高樓。誰道投鞭飛渡，憶昔鳴髑血污，風雨佛狸愁。季子正年少，匹馬黑貂裘。
今老矣，搔白首，過揚州。倦遊欲去江上，手種橘千頭。二客東南名勝，萬卷詩書事業，嘗試與君謀。莫射南山虎，直覓富民侯。

這是我大學時最喜歡的詞，我想是因為裡面有一些意象的東西吧，比如「季子正年少，匹馬黑貂裘」。其實它是一個符號：年輕的時候披著黑色的貂裘，單槍匹馬出去作戰，很豪邁地來往於敵人之間，有一點武俠小說的感覺。辛棄疾有一種俠氣，他的詞裡俠的味道非常強，表達個人生命的豪邁、正義，或者很高昂的一種氣質。當時的我反而沒注意到下闋的「今老矣，搔白首，過揚州」。

「落日塞塵起，胡騎獵清秋」，從這裡開始展開對北方的回憶——胡人騎馬在秋天去打獵，南方不會有這種景象。唐代的邊塞詩人是真的到了塞外，而辛棄疾寫塞外和胡騎的時候，很多是想像的。他詞作的荒涼和悲壯並不是真實的感覺，他在想像自己豪邁的時候，常常會結合淒涼的東西。我想我們特別需要從歷史背景去了解，辛棄疾事實上已經是個南方人了，卻不甘心做一個南方人，所以他的詞裡常常嚮往著北方的豪邁和遼闊，這個部分也構成他文學上的主調。

其實，辛棄疾後來非常富有，擁有很多土地，家裡也養了眾多門客。他在自己小小的世界裡，構成了一個很奇特的部分，我覺得和他後來那些豪壯的詞作有關。由於南宋朝廷後來根本不主戰，所以他就退下來，自己編織一個想像中的俠士空間。他似乎是在這個封閉的世界裡去完成自己的文學，然後形成一種豪邁的氣韻。

卻道天涼好個秋

其實真正的愁、生命裡面最大的悲哀，是沒有什麼話可講的

我們再看下面的〈醜奴兒・書博山道中壁〉。辛棄疾是一個創作力非常強的人，創作力強說明生命力很強，即便在賦閒的時候，他也會將生命力一直揮灑出來。

少年不識愁滋味，愛上層樓，愛上層樓，為賦新詞強說愁。
而今識得愁滋味，欲說還休，欲說還休，卻道天涼好個秋。

〈醜奴兒〉傳誦很廣，「少年不識愁滋味」現在幾乎人人會講。它在講一種生命裡面非常抽象的感覺。「愛上層樓，為賦新詞強說愁」，為了寫一首新詩或新詞而故意去說「愁」，使得這「愁」變成了捏造出來的東西。「而今識得愁滋味」，在生命經歷過所有的滄桑之後，知道什麼叫作真正的愁，結果反而是「欲說還休」。其實真正的愁、生命裡面最大的悲哀，是沒有什麼話可講的，別人問起的時候，也只能「卻道天涼好個秋」，說天氣好冷，怎麼已經到秋天了。他用很口語化的表達去做結尾。

這裡面也可以對比出辛棄疾的確和姜夔不同。周邦彥、姜夔都是形式主義的詩人，辛棄疾不是，他是重視內容的，所以他會在真正知道什麼叫愁的時候，放棄了形式。他根本不想多講話，只不過說天氣好冷而已。

大家可以把李清照和辛棄疾作品中口語化的部分結合在一起來看，會發現口語在宋詞裡面扮演的角色。禪宗對宋代的文學、美學都發生非常大的影響，繪畫裡面有一派叫作禪畫，像梁楷、牧谿，對日本的影響尤其大，繪畫形式上的部分要減到最低，把大家能夠領悟的餘韻提到最高。

禪宗還有一個術語叫作「機鋒」，是說我講出一個內容（比如「天涼好個秋」），好像沒有深意，可是聽的人要去領悟裡面的意思是什麼。很多禪宗的廟裡會刻三個字——「喫茶去」，這是藉著情境點破棒喝的「喝」，讓人頓悟，從知識的執著回到生活的現世裡來。

比如，李翺請教惟演禪師：「什麼是佛法大義？」惟演禪師指一指天，又指一指桌子上的淨瓶。李翺明白了，就說：「我來問道無餘說，雲在青天水在瓶。」雲在天上，水在瓶子裡，其實就是一個自然的狀況，意思是說：你不要本末倒置了，每天念佛經，求佛法大義，可是連腳下之事都管不好。這也是一個機鋒，意思是說要回到人最基本的生命認知上。機鋒常常是頓悟。

禪宗最有趣的一點是它也帶動了白話文學。讀書本來是為了求真理，結果愈離愈遠，因為不能夠回到生活本身了，所以他們提倡用最簡單、最通俗的文字直接去撞破知識的障礙，對當時的文學家產生了很大影響。

從這首〈醜奴兒〉可以看到辛棄疾很不同的面貌。我希望大家在看見辛棄疾作品中國破家亡主題的同時，也能看見他對於生命的青春形式和老年形式的領悟過程。一個詩人的作品很重要的一部分，大概是對於青春的眷戀，以及對老年經歷滄桑以後的一種無奈，這一點大概是所有的詩人都有的。辛棄疾會感歎少年時「為賦新詞強說愁」，而在中年歷盡滄桑，了解了生命的狀況之後，卻只用平白的語言說一句「天涼好個秋」。

眾裡尋他千百度，驀然回首，那人卻在，燈火闌珊處

生命沒有尋找的願望，是不會有答案的，而答案也許就在尋找的過程裡

〈青玉案・元夕〉是王國維很讚賞的一首作品，從中我們可以看到以往那個像俠士一般，非常關心政治和社會的辛棄疾，表現出他最纏綿、最深情、最婉約的一面。如果沒有這個柔軟的部分，辛棄疾真的就顯得粗魯了。

東風夜放花千樹，更吹落，星如雨。寶馬雕車香滿路。鳳簫聲動，玉壺光轉，一夜魚龍舞。

蛾兒雪柳黃金縷，笑語盈盈暗香去。眾裡尋他千百度，驀然回首，那人卻在，燈火闌珊處。

「東風夜放花千樹」，元宵節點亮的盞盞花燈，如同被東風催放的繁花一般。辛棄疾和周邦彥、秦觀有很大的不同，他的視野比較遼闊。比如「花千樹」與「葉上初陽乾宿雨」相比，後者是看到一片荷葉上隔夜雨水留下的痕跡，而辛棄疾看到的是一大

片花燈。當然這裡面有藝術家的個人精神，范寬畫《谿山行旅圖》，他看到的就是大山，可是當時也有畫家畫鶺鴒，他看到就是小小的鳥。人的視覺和聽覺會感受不同的東西，在美學的世界，這為我們提供了不同的經驗。我們透過周邦彥看到更為纖細的東西，他的作品很像工筆畫，像刺繡，而辛棄疾絕對是大潑墨，一上來就是「東風夜放花千樹，更吹落，星如雨」。辛棄疾和蘇軾的作品都有比較大的空間感。

「寶馬雕車香滿路。鳳簫聲動，玉壺光轉，一夜魚龍舞」，很有貴族氣。元夕的慶祝盛會上，所有人都出來遊玩。辛棄疾並沒有每天都在那裡臥薪嚐膽，他其實滿富有的，日子過得很好，也很嚮往俠士的風度，他的豪邁和他的富有有很大關係。

「蛾兒雪柳黃金縷」，這是講女子的飾物；「笑語盈盈暗香去」，這裡有一點像李清照。一個最好的創作者既需要男性的部分，也需要女性的部分，如果把他女性的部分拆掉，會發現他就只有粗魯，而少了深情。

下面這部分非常深情，是王國維用來描摹人生境界的句子：「眾裡尋他千百度，驀然回首，那人卻在，燈火闌珊處。」到處都是煙火，也許辛棄疾在找他心愛的人、他牽掛的人，但一直找不到，幾乎放棄了，忽然一回頭，發現那個人就在繁華夜市的微暗燈光中。他在寫一個事件，可是文學的精采在於它不是局限於某個事件，像王國維就把它列為人生三境界的最後一個境界。

第一個境界是「昨夜西風凋碧樹，獨上西樓，望盡天涯路」，它是對孤獨的感悟。第二個境界是「衣帶漸寬終不悔，為伊消得人憔悴」，愛一個人，愛到一直消瘦下去，卻不覺得後悔，心甘情願。那是一種癡迷，別人都覺得不值得，可是我們自己覺得值得。然而所有的癡到最後近於絕望的時刻，我們也會懷疑這樣下去是不是值得，就在那一剎那，希望幾乎是跟著絕望而來：「驀然回首，那人卻在，燈火闌珊處」。好的文學會將特定的事件升高為人生複雜的感受。

辛棄疾當然有自己的癡迷，有自己的追逐，有自己在生命中一直堅持的東西。這個東西是不是北伐中原？我想大家也許可以探討一下。但是他的確有一種熱情和理想，他相信人與人之間有著俠客般的肝膽相照，這也是他要完成的東西。辛棄疾在這些方面完成了自己的生命風範，表面看起來，他沒有完成北伐中原的心願，可是這種熱情轉成了對這個世界的愛，他成為身邊有共同理想的文人的典範。我希望大家能夠從這些方面重新感受「眾裡尋他千百度」的含義，生命裡面沒有過這個尋找的過程，後面的東西都不會有；並且不是尋找一次，而是「千百度」——最後是不是找到並不重要，重要的是你已經找了「千百度」，這就是意義。

法國作家卡繆（Albert Camus, 1913–1960）講過古希臘的一個神話故事：薛西佛斯把石頭推上山，石頭又滾下來，他就再把它推上山。卡繆用它去說明生命存在的意義和價值並不在於實現一個目的，而可能就在實現目的的過程裡。在這個迴圈中，生命的意義就在「眾裡尋他千百度」的狀態當中，生命沒有尋找的願望，是不會有答案的，而答案也許就在尋找的過程裡。文學的精采在於它常常會變成象徵。其實「驀然回首」是非常偶然的（法國後來的美學裡面常常講「偶然性」），我們沒有辦法刻意而求，必須在「千百度」當中累積，沒有「千百度」，「驀然回首」也沒有用。精采的畫面在於「那人卻在，燈火闌珊處」，生命裡面如果許諾給我們這個時刻，大概就值得了。精采的文學常常在於它錯綜複雜的對立關係。

村居老人辛棄疾

人其實不光是活在朝代興亡裡，也還是要活在簡單、樸素的日子中

從〈水龍吟〉、〈醜奴兒〉和〈青玉案〉，我們已經看到三個「不同」的辛棄疾，接著再看〈清平樂・村居〉，這又是另外一個辛棄疾，很像晚年的杜甫，完全是一個村居老人的樣子。

茅簷低小，溪上青青草。醉裡吳音相媚好，白髮誰家翁媼。
大兒鋤豆溪東，中兒正織雞籠；最喜小兒亡賴，溪頭臥剝蓮蓬。

「茅簷低小，溪上青青草」，像不像我們小學唱的一些歌？「醉裡吳音相媚好」，這裡很有意思，辛棄疾本是要死在戰場上，不肯做南方人的，他會去批評那些「求田問舍」的人。這裡表現了北人南來很有趣的過程，本來「江南遊子」是一直要回北方的，可是有一天，大概因為喝醉酒，放鬆了，忽然聽到江南的語音，覺得很柔軟，很美好。這個時候，會感覺辛棄疾好像是一個在江南生活很穩定的人。辛棄疾的複雜性有可能是南宋環境造成的「性格分裂」：一方面會唱〈滿江紅〉，另一方面又覺得去參加當地人的「豐年祭」也滿好玩的，不見得一定有衝突。

「白髮誰家翁媼」，看到白頭髮的老頭子、老太太，他並不認識，這當然就是民間的小老百姓了。辛棄疾的作品裡很少出現這樣的人，現在自己大概年紀也大了，那種「沙場秋點兵」的豪邁之氣過去了，也能體會到這種市井小民過日子的狀態。在這種狀態裡過日子，好像也不太關心朝代興亡，也不管要不要北伐中原。

下面的句子非常精采，看到老先生和老太太的大兒子「鋤豆溪東」，二兒子「正織雞籠」；「最喜小兒亡賴」，最喜愛的小兒子調皮天真無賴，「溪頭臥剝蓮蓬」，就躺在溪邊剝著蓮蓬。這是民間非常自然的一個景象，這種畫面我們在另外一個辛棄疾身上是看不到的。另外一個辛棄疾永遠是緊張的，準備去打仗，準備北伐中原，彷彿稍微躺下來休息就不愛國了。

在〈清平樂〉裡，辛棄疾看到的是自然人的狀況，而不是「政治人」。杜甫也有過這種經驗，杜甫年輕時的作品大都和戰爭、憂國憂民有關，可是他晚年回到四川，蓋了一間草堂，寫的詩大部分就是這一類內容，比如「老妻畫紙為棋局，稚子敲針作釣鉤」。杜甫最後也回到這個經驗，覺得人其實不光是活在朝代興亡裡，也還是要活在簡單、樸素的日子中。南宋後來有一類山水畫就是畫這種民間生活的景象，有意避開大山水的雄強，甚至覺得對那個部分無能為力，轉而回頭去肯定生活中一些很簡單的事情。

醉裡挑燈看劍

塞外是一個遙不可及的世界，他想像自己處在淒涼悲壯的環境當中

我們看過前面幾首比較不同的辛棄疾的作品，再回來看他的〈破陣子・為陳同甫賦壯詞以寄之〉。這是我們常常看到的「標準本」辛棄疾。

醉裡挑燈看劍，夢回吹角連營。八百里分麾下炙，五十絃翻塞外聲。沙場秋點兵。
馬作的盧飛快，弓如霹靂弦驚。了卻君王天下事，贏得生前身後名。可憐白髮生！

「醉裡挑燈看劍，夢回吹角連營」，做為軍人的辛棄疾出現了。他喝醉了酒，把燈芯挑起來，讓火亮一點，藉著火光去看一把寶劍，非常有俠士的感覺。「八百里分麾下炙，五十絃翻塞外聲」，對辛棄疾來講，塞外是一個遙不可及的世界，他想像自己處在淒涼悲壯的環境當中，想像那種「沙場秋點兵」的景象，在理想世界中馳騁疆場。

「馬作的盧飛快，弓如霹靂弦驚」，想像中的戰爭是比真正的戰爭要美好的，完全像武俠片一樣。「了卻君王天下事，贏得生前身後名。可憐白髮生！」他感覺到自己像個老將軍一樣。之前講北宋詞的時候提過范仲淹，范仲淹寫這一類作品時，本身是戍守邊疆的司令官，他在寫到「將軍白髮征夫淚」的時候，是真的有那種感覺。而辛棄疾收復北方的夢想，直到「可憐白髮生」都沒有實現。

千古興亡，百年悲笑，一時登覽

即使把它從政治裡抽離，那種個人生命和宇宙之間的對話關係也是很迷人的

我們再看〈水龍吟・過南劍雙溪樓〉。「水龍吟」這個詞牌辛棄疾寫得很多，有一點像「滿江紅」，是一種比較豪壯的調子。

舉頭西北浮雲，倚天萬里須長劍。人言此地，夜深長見，鬥牛光焰。我覺山高，潭空水冷，月明星淡。待燃犀下看，憑闌卻怕，風雷怒，魚龍慘。

峽束蒼江對起，過危樓，欲飛還斂。元龍老矣！不妨高臥，冰壺涼簟。千古興亡，百年悲笑，一時登覽。問何人又卸，片帆沙岸，繫斜陽纜？

「舉頭西北浮雲，倚天萬里須長劍」，金庸的「倚天劍」似乎從這裡蛻變出來的。武俠小說有一部分是很富於幻想性的，它把俠變成美學，在我們整個文學系統裡建立起一個很讓人嚮往的世界，就因為它不是真實的，真實的俠或戰爭不見得是如此。

「人言此地，夜深長見，鬥牛光焰」，夜深的時候，在這裡能夠看到鬥星和牛星的光輝。

「我覺山高，潭空水冷，月明星淡」，這部分即使把它從政治裡抽離，那種個人生命和宇宙之間的對話關係也是很迷人的。我們在欣賞辛棄疾的時候，會感到他的情操與蘇軾很相似，沒有那麼多的耽溺。反觀李清照、秦觀、周邦彥和柳永，他們的作品都有很大的耽溺。那種耽溺是深情，可是有一點牽連不斷的纏綿，比較接近女性氣質。而蘇軾、辛棄疾的深情，常常有一種決絕，他們的生命和山高、潭空、水冷在一起的時候，不會眷戀，不會糾纏不清。「待燃犀下看，憑闌卻怕，風雷怒，魚龍慘」，這種文字非常接近蘇軾的感覺。

「峽束蒼江對起，過危樓，欲飛還斂。元龍老矣！不妨高臥，冰壺涼簟」，想飛去但還是收斂作罷，身心俱疲，不如高臥家園，還有涼酒和涼蓆。下面是典型的辛棄疾的句子：「千古興亡，百年悲笑，一時登覽。」一個人一生將近百年的悲苦和歡樂，與千古以來朝代的興亡，好像一時都可以在這個懸崖上看到，都可以在這座高樓上看到。他有一種超越地去看生命當中大經驗的眼界。所以最後會有「問何人又卸，片帆沙岸，繫斜陽纜？」這樣辛棄疾式的典型句子。

杯汝來前

這完全是劇本的寫法，因為已經擬設了角色

〈沁園春〉本是比較豪邁的調子，它是一種長調。但下面這首〈沁園春〉，表現了辛棄疾在晚年非常有趣的一面。他常常用詞來重寫古文，把《論語》、《莊子》全部化成詞，編成新的句法。我覺得這與當時戲劇的流行有很大關係。

杯汝來前，老子今朝，點檢形骸。甚長年抱渴，咽如焦釜；於今喜睡，氣似奔雷。汝說「劉伶，古今達者，醉後何妨死便埋」。渾如此，歎汝於知己，真少恩哉！更憑歌舞為媒。算合作人間鴆毒猜。況怨無大小，生於所愛，物無美惡，過則為災。與汝成言，勿留亟退，吾力猶能肆汝杯。杯再拜，道「麾之即去，招則須來」。

「杯汝來前，老子今朝，點檢形骸」，這句有一點俚語的感覺。「老子」這個詞是講自己，有點像一個演員在舞臺上稱自己「老夫」的感覺，從中我們可以看出白話與

詞的關係，以及戲曲與詞的關係。「杯汝來前」，很像喝醉酒的人講的話。他不是過去拿杯子，而是說：「杯子，你給我過來。」這種文法上顛覆性的文字產生非常有趣的效果。「老子今朝，點檢形骸」，「點檢」好像應該是檢查別人，可是他要檢查的是自己。

「甚長年抱渴，咽如焦釜」，形容自己對酒的渴望，好像一只很久沒有受到滋潤的鍋。「……於今喜睡，氣似奔雷」，這些文字都是比較粗獷、比較直接的，把婉約派的詞完全顛覆了。幸好辛棄疾還有〈醜奴兒〉、〈青玉案〉這一類比較深情婉約的句子，否則，我們會覺得〈沁園春〉等詞作太過隨意，詞的工整性幾乎不管了。

「汝說『劉伶，古今達者，醉後何妨死便埋』」，在「汝說」之後是杯子的「語言」，這完全是劇本的寫法，因為已經擬設了角色。辛棄疾這一類作品愈來愈傾向於戲劇的規則，他會擬定「你說」、「我說」、「我怎麼樣」、「你怎麼樣」。

「渾如此，歎汝於知己，真少恩哉！」這裡愈來愈不像詞了。今天我們也會講某人的現代詩寫得像散文，可是散文和現代詩的界限其實非常曖昧。很多人說詩詞要押韻、有平仄，散文不必，可是不一定，散文有時候也有它的對仗。我們讀秦觀的「自在飛花輕似夢，無邊絲雨細如愁」，會覺得它有著比較嚴格的詩的濃煉，有豐富的隱喻在裡面。可是辛棄疾的〈沁園春〉是平鋪直敍的，詩意比較少。我相信這樣的作品在當時也一定引發很大的爭議，很多人會覺得這根本不像詞。「更憑歌舞為媒。算合作人間鴆毒猜。況怨無小大，生於所愛，物無美惡，過則為災」，這根本是把莊子的句子直接拿來用了。「與汝成言，勿留亟退，吾力猶能肆汝杯」，他把杯子當成一個對象、一個活人來看待。「杯再拜，道『麾之即去，招則須來』」，杯子回他說：「你要我走我就走，你要我來我就來。」這裡產生了很多戲劇性對話的空間。

講到元曲的時候，大家會更清楚地看到，這一類句法在民間戲劇當中早就已經出現。可能由於辛棄疾等人的好奇，也由於自身創作力的旺盛，於是就採用這樣的形式來寫詞，可是並不說明他們一定將其做為主流。

悲壯美學

荒涼、悲壯有時候會變成一種美學，變成我們個人與時代糾纏的心境

下面兩首是辛棄疾比較典型的作品，第一首是〈賀新郎・別茂嘉十二弟〉。

綠樹聽鵜鴂，更那堪、鷓鴣聲住，杜鵑聲切。啼到春歸無尋處，苦恨芳菲都歇。算未抵、人間離別。馬上琵琶關塞黑。更長門翠輦辭金。看燕燕，送歸妾。將軍百戰身名裂。向河梁、回頭萬里，故人長絕。易水蕭蕭西風冷，滿座衣冠似雪。正壯士、悲歌未徹。啼鳥還知如許恨，料不啼清淚長啼血。誰共我，醉明月？

我年輕的時候，最喜歡這首詞的下闋。「易水蕭蕭西風冷，滿座衣冠似雪」，很迷人，完全像日本武士電影。這裡講的是眾人送別荊軻的情景，大家都穿著白色的衣服，因為知道荊軻此去或許就是死亡，其中有一種悲壯。現在回想起當年那麼喜歡這種句子，正是因為它的悲壯，恨不得自己能夠去參與這樣一種死亡性的抗爭。它的內容不是充滿希望的，也不是溫暖的，而是絕望的——很雄壯，卻是絕望的雄壯。「正壯士、悲歌未徹。啼鳥還知如許恨，料不啼清淚長啼血。誰共我，醉明月？」這大概是最典型的辛棄疾的句子了。

這首詞的上闋是在寫王昭君：「綠樹聽鵜鴂，更那堪、鷓鴣聲住，杜鵑聲切。啼到春歸無尋處，苦恨芳菲都歇」，這裡講花在凋零。「芳菲」是指花，也是指一個年輕女子的歲月青春。「算未抵、人間離別」，帶出了王昭君。「馬上琵琶關塞黑」，她帶著琵琶騎在馬上，要嫁到塞外去了。「更長門翠輦辭金」，「長門」本是指漢武帝陳皇后被廢黜後居住的長門宮，這裡指王昭君出塞前居住的地方，「翠輦」指鑲滿了翠鳥羽毛的車子。王昭君辭別皇帝，騎上馬，帶著琵琶遠走。

在這首詞裡，他講了兩種悲哀，一是王昭君的悲哀，一是荊軻的悲哀。有的說法則是，這首詞描述了五件離別或悲傷之事，除了昭君出塞和親、荊軻臨易水悲歌之外，「更長門翠輦辭金」談的便是陳皇后被打入長門冷宮，「看燕燕，送歸妾」是莊姜送別離開衛國的妾，而「將軍百戰身名裂。向河梁、回頭萬里，故人長絕」則是李陵送蘇武歸漢一事。無論如何，似乎都是在藉這些人來講自己的生命，可是辛棄疾事實上並沒有真正這麼荒涼過，他只是在他的「理想國」裡表現這種荒涼。在亡國又盼望復國的時代，荒涼、悲壯有時候會變成一種美學，變成我們個人與時代糾纏的心境。我們在年輕的時候，處處說：「反攻大陸」，年輕人被教育，可能非常希望做荊軻，做林覺民，或者是岳飛那種人，很嚮往那種絕望、悲壯的犧牲，也許在現實裡無法完成；可是在文學世界裡，它變成了一個美學的典型。

在我們的文化史上，這種美學產生了很大影響，比如《林沖夜奔》這齣戲，表現的是一個不斷被欺壓的男子夜奔逃亡的荒涼與悲壯，這是北曲裡面非常動人的畫面。我的意思是說，一個人在現實當中受到挫折和阻礙後的出奔、出走，可能要做為一個可以抽離出來的美學範本來看待。

這首詞裡講到的昭君、荊軻，尤其是「易水蕭蕭西風冷，滿座衣冠似雪」，很明顯有很大一部分是辛棄疾在講自己，他把自己設定為歷史裡面這種悲壯的人物。文化史上最早在這方面產生影響的可能是《史記・刺客列傳》，荊軻、聶政等人物所展現的風範，就是用極大的熱情去碰撞他所認為社會裡面不義的東西，以完成自己生命的悲壯。辛棄疾其實一直在追求這樣的美學，也在他的文學裡得到了最高的表現。

我們最後看他的〈永遇樂・京口北固亭懷古〉。

千古江山，英雄無覓，孫仲謀處。舞榭歌臺，風流總被，雨打風吹去。斜陽草樹，尋常巷陌，人道寄奴曾住。想當年，金戈鐵馬，氣吞萬里如虎。

元嘉草草，封狼居胥，贏得倉皇北顧。四十三年，望中猶記，烽火揚州路。可堪回首，佛狸祠下，一片神鴉社鼓。憑誰問：廉頗老矣，尚能飯否？

在江南這樣的地方，對於孫權等歷史人物，辛棄疾有一種懷舊，可是他還是希望透過這種懷舊激發自己的激昂之氣，最後歸到「金戈鐵馬，氣吞萬里如虎」。在這樣的地方想起這些歷史上有過企圖心的英雄，好像給予他很大的豪壯之氣。這和周邦彥的「金陵懷古」是完全不同的調子。他不僅是在回憶、懷舊，更是讓自己體會到當年那些人生命的開拓性。

在下闋中，辛棄疾把自己比喻成老年的廉頗，別人在問「你最近吃飯怎麼樣呀？」從而判定他還能不能打仗，還有沒有志氣——換到辛棄疾身上，就是問還有沒有北伐中原的企圖心。用這樣的問句來結尾，還是繼續了他的豪邁之氣。

二十四橋仍在，波心蕩，冷月無聲

他不講那種大氣派或氣勢，就是這樣給人一種精緻幽靜的感覺

我們現在看看姜夔筆下的揚州。同樣是寫揚州，姜夔與辛棄疾有很大的不同。在南北隔離的時候，揚州等於是最重要的一個防守城市，揚州一破，江南大概就破了。下面是姜夔的〈揚州慢〉，可與辛棄疾的〈永遇樂〉做個對比。

淳熙丙申至日，予過維揚。夜雪初霽，薺麥彌望。入其城則四顧蕭條，寒水自碧，暮色漸起，戍角悲吟。予懷愴然，感慨今昔，因自度此曲。千巖老人以為有

〈黍離〉之悲也。

淮左名都，竹西佳處，解鞍少駐初程，過春風十里，盡薺麥青青。自胡馬窺江去後，廢池喬木，猶厭言兵。漸黃昏，清角吹寒，都在空城。

杜郎俊賞，算而今、重到須驚。縱豆蔻詞工，青樓夢好，難賦深情。二十四橋仍在，波心蕩，冷月無聲。念橋邊紅藥，年年知為誰生！

在姜夔之前是沒有「揚州慢」這個詞牌的，這是他的自創曲。他經過揚州時，夜裡本來下過雪，剛剛放晴了。這裡之前打過仗，還聽得到軍營號角很悲哀的聲音。他感覺很難過，因為揚州本來是一個非常繁華的地方，可是現在變成了前線，變得非常蕭條。於是他就「自度此曲」，作了「揚州慢」的曲子，再填上詞，可見他還是音樂家。我們來感受一下他的寫法和辛棄疾哪裡不同。

「淮左名都，竹西佳處」，我們在講唐詩時就說過「腰纏十萬貫，騎鶴下揚州」，可見揚州是一個繁華之地，是一個享樂之地。「解鞍少駐初程」，他在這淮河邊有名的古城停留。

形式主義詞人的作品，其文句上的解讀會愈來愈難，因為每一個字都非常講究音樂性。金人南下，過了長江，打到揚州，原本繁華的城市已經廢棄、凋零。老百姓現在提到打仗還是很厭煩。「猶厭言兵」這樣的句子在辛棄疾的詞裡是看不到的，辛棄疾是非常「金戈鐵馬」的。可是姜夔看到老百姓的表現是「猶厭言兵」，因為一個繁華的地方變成了一片廢墟，老百姓受盡戰爭的痛苦，希望不要再打仗了。這就是文化史上要看到兩面，甚至三面、四面，它們各有不同的角度。對象同樣是揚州，辛棄疾和姜夔看到的是這麼不一樣。

「漸黃昏，清角吹寒，都在空城」，黃昏的時候，姜夔在揚州城散步，聽到城中的號角聲響起，感覺到荒涼與寒冷。曾經最繁華的揚州，忽然變成了空城，這是戰爭過後的悲慘狀況。姜夔的文學也有自己的觀點和態度，而這也造就了與辛棄疾的平衡。

「杜郎俊賞，算而今、重到須驚」，「杜郎」指唐代的杜牧，他在揚州寫過一首非常有名的〈遣懷〉詩：「落魄江湖載酒行，楚腰纖細掌中輕。十年一覺揚州夢，贏得青樓薄倖名。」另外還有一首〈贈別〉：「娉娉嫋嫋十三餘，豆蔻梢頭二月初。春風十里揚州路，卷上珠簾總不如」。杜牧曾經這麼欣賞這個城市，從唐代中期到現在三四百年過去了，他如果再次來到揚州也會嚇一跳，因為戰爭已經使揚州變得殘破不堪了。

「縱豆蔻詞工，青樓夢好，難賦深情」，姜夔在這個時候自度一曲〈揚州慢〉，寫完以後交給這些「豆蔻年華」的女孩子，讓她們按照譜子把詞唱出來。這些年少的歌手、伶工可以把詞唱得這麼工整，揚州歌樓上的綺夢還很美好，可是「難賦深情」，好像覺得畢竟有些東西沒有圓滿，背後就是在講戰爭。姜夔很委婉，並沒有直接說是什麼原因導致「難賦深情」。

「二十四橋仍在，波心蕩，冷月無聲」，這個句子是從杜牧的詩出來的。「二十四橋明月夜」是杜牧寫揚州的句子，講揚州的繁華，姜夔把它轉成了「二十四橋仍在」。「波心蕩，冷月無聲」，波心還在蕩漾，可是冷冷的月亮一點聲音都沒有。繁華已經過去了，連月亮都很悲涼，沒有話可講。

「金戈鐵馬，氣吞萬里如虎」和「波心蕩，冷月無聲」是兩個完全不同的意境，我們很難比較哪一個好，哪一個不好，也許我們的生命裡需要「金戈鐵馬」的時候，與需要「冷月無聲」的時候，是不同的情境。有時候我們會在「金戈鐵馬」中得到慷慨激昂的美，有時候我們會在「冷月無聲」裡感覺到蕭條荒涼的美。文學不能定於一尊的原因大概也在這裡，我們生命的情境需要不同的東西來做比附。

「念橋邊紅藥，年年知為誰生！」姜夔文字的精練非常驚人，他不講那種大氣派或氣勢，就是這樣給人一種精緻幽靜的感覺。

只講自己的心事

山水是內在心事的荒涼表白，只是作者自己的心事

下面姜夔這首〈點絳唇・丁未冬過吳松作〉的詞牌很女性化，有一種比較纖細的美。

燕雁無心，太湖西畔隨雲去。數峰清苦，商略黃昏雨。
第四橋邊，擬共天隨住。今何許？憑闌懷古，殘柳參差舞。

「燕雁無心」，其實鴻雁沒有特別的意思，它們只是「太湖西畔隨雲去」，來來去去只是自然現象。「數峰清苦，商略黃昏雨」，幾個山峰清清涼涼架立在那邊，好像在商量黃昏的時候是否要下雨，有一種畫面感。我們回想一下辛棄疾筆下的山水：「遙岑遠目，獻愁供恨。」可是在「數峰清苦，商略黃昏雨」裡，山水是內在心事的荒涼表白，它與政治無關，與歷史無關，與社會無關，只是作者自己的心事。所有辛棄疾外放的部分，姜夔都收回來。「第四橋邊，擬共天隨住。今何許？憑闌懷古，殘

柳參差舞」，這是姜夔非常個人化的淒苦心境的寫照。

下面的〈長亭怨慢〉也是姜夔的「自度曲」，他音樂家的身分甚至要遠超過文學家的身分。我在香港的時候，曾經聽過大學裡整理出來、用廣東話唱的〈長亭怨慢〉，他們認為那是古譜，也就是姜夔古調的唱法。如果今天我們用國語唱，其實很多音韻都不合了，而廣東話裡面很多音韻與古調更合一點。

> 漸吹盡、枝頭香絮，是處人家，綠深門戶。遠浦縈迴，暮帆零亂向何許？閱人多矣，誰得似長亭樹。樹若有情時，不會得青青如此！
>
> 日暮，望高城不見，只見亂山無數。韋郎去也，怎忘得、玉環分付。第一是早早歸來，怕紅萼無人為主。算空有并刀，難翦離愁千縷。

「閱人多矣，誰得似長亭樹。樹若有情時，不會得青青如此！」這一句是整首詞最重要的部分。「長亭」是和朋友告別的地方，「長亭樹」是長在告別的亭子旁邊的樹。每一次的告別都是傷心、哀苦的，如果長亭旁邊的樹也有情的話，不應該「青青如此」，不該這麼綠，這裡把詠物轉成詠人。過去，這方面用得最好的是唐朝的李賀，「天若有情天亦老」裡說的是「天若有情」，姜夔這裡用到的是「樹若有情」。

「日暮，望高城不見，只見亂山無數。韋郎去也，怎忘得、玉環分付」，用到了韋皋和玉簫女的典故。「第一是早早歸來，怕紅萼無人為主。算空有并刀，難翦離愁千縷」，這裡的很多意象在其他古詩詞裡也出現過，只是姜夔重新將它們經營與拼湊，他編織經營的技巧可能更高。在不重視形式主義的文學史上，常常會對姜夔有所貶低，認為他不過是一個精雕細琢的工匠而已。胡適稱姜夔為「詞匠」，可是他也認為此人在煉字煉句以及錘煉音樂性方面都有所貢獻。

藉此，希望大家能夠了解，北宋詞轉向南宋詞的時候在美學上發生了什麼變化，以及這個變化在文學史上的貢獻。

看世界的方法 117

說文學之美：感覺宋詞

作者：蔣勳
封面攝影：蔣勳
文字整理：黃庭鈺
協力編輯：凌性傑
音樂統籌：梁春美
錄音・混音：白金錄音室　錢家瑞
整體設計：林秦華
責任編輯：魏于婷

發行人兼社長：許悔之
總編輯：林煜幃
副總編輯：施彥如
執行主編：魏于婷
美術主編：吳佳璘
行政專員：陳芃妤

藝術總監：黃寶萍
策略顧問：黃惠美・郭旭原・郭思敏・郭孟君
顧問：施昇輝・林志隆・張佳雯
法律顧問：國際通商法律事務所／邵瓊慧律師

出版：有鹿文化事業有限公司
地址：台北市大安區信義路三段106號10樓之4
電話：02-2700-8388
傳真：02-2700-8178
網址：http://www.uniqueroute.com
電子信箱：service@uniqueroute.com

印刷：鴻霖印刷傳媒股份有限公司

總經銷：紅螞蟻圖書有限公司
地址：台北市內湖區舊宗路二段121巷19號
電話：02-2795-3656
傳真：02-2795-4100
網址：http://www.e-redant.com

ISBN：978-986-94168-6-3
初版：2017年3月
初版第十四次印行：2024年3月15日
定價：399元

本書內頁彩圖為宋代范寬《谿山行旅圖》（含局部）、北宋汝窯青瓷蓮花式溫碗（含局部），國立故宮博物院藏品

國家圖書館出版品預行編目（CIP）資料

說文學之美：感覺宋詞 / 蔣勳著. -- 初版. --
臺北市：有鹿文化, 2017.03
面；　公分. -- (看世界的方法；117)
ISBN 978-986-94168-6-3(平裝)

1.宋詞 2.詞論
820.9305　　　　106000906